[anotação manuscrita: Fabil ... Aqui vai meu ... Aqui te ... rece te mi ...]

Mulheres que temiam seus pais

ANDRE L BRAGA

© 2019, Andre L Braga
E-mail: contato@escritorandrelbraga.com

Título: Mulheres que temiam seus pais
Edição, composição gráfica, capa e revisão: Andre L Braga

1ª edição: Novembro, 2019

"Amar a si mesmo é o começo de um romance para toda a vida."

- Oscar Wilde -

Previously...

- Sabe o quê? Sempre achei super chique essa coisa de seriado americano. Vai começar um episódio novo, aí vem aquela voz e diz: *"Previously, on How to Get Away With Murder"*. Não é o máximo? Acho que tinha que ter essa voz, meio que vinda do além, sempre que entrasse paciente aqui no consultório... Porque as coisas que ouço aqui, minha filha, nem roteirista do Netflix consegue imaginar!

Verena mal se continha em meio às gargalhadas. Tudo isso pelo interfone, conversando com a recepcionista da clínica, enquanto esperava a próxima paciente.

- Então, menina! Falei dia desses com Anelise. Lembra dela? Tá super bem, graças à Deus! Não que tenha se livrado dos fantasmas que assombram sua mente, porque lá nem os Caça-Fantasmas dariam um jeito... Mas aprendeu a pôr os monstrinhos pra dormir. Ou a dormir ao lado deles, sei lá. O fato é que ela vai muito bem, obrigada! E disse até que vai dar uma passadinha aqui pra tomar um cafezinho assim que der. Mas tem que ser com adoçante, porque açúcar engorda, né? Meu Deus! Quanta maldade!

E seguiram naquela conversa por mais alguns minutos, até que se ouviu ao fundo o toque da campainha.

- É a Roberta, né não? Sempre super pontual essa menina... Adoro ela! Pode falar pra subir aqui no meu consultório, que já vou abrir a pasta dela no sistema. Ah! E vê se não esquece! Da próxima vez que o técnico vier aqui dar manutenção, pede pra ele pôr aquela fala na abertura dos prontuários: *"Previously, on Roberta Medeiros..."* Só por Deus! Beijos, querida! Até daqui à pouco.

Não deu nem dois minutos, e lá estava sua paciente à porta do consultório.

- Bom dia, Roberta querida! Estava aqui me divertindo com umas besteiras... Tudo bem com você, meu anjo?

♀ ♀ ♀

A garota que apanhava do pai

Ficha número 945. Roberta Medeiros. Cinquenta e cinco anos, solteira. Reside com o pai. Ou melhor, o pai mora com ela. Aquele mesmo pai que, durante sua infância, ignorava completamente sua existência, em clara demonstração de preferência à primogênita e ao filho caçula. Sempre assim com o filho do meio. E se o caçula for o tão esperado filho homem, então...

Durante a adolescência, o ignorar se transformou em implicar. Sob a ótica do pai, tudo que Roberta fazia estava errado. E ai da mãe se tentasse se intrometer, em defesa da filha do meio! Era agressão na certa! Primeiro verbal. Até que um dia deu o primeiro tapa. E depois mais outro. E outro mais. E assim se acostumou com a coisa toda. Sempre assim. Deixe quieto da primeira vez, e a violência doméstica nunca mais terá fim. Mas a Roberta cansou de assistir as surras que sua mãe levava de seu pai, e resolveu intervir em sua defesa. E aí a violência migrou da mãe para a filha. Não necessariamente migrou. Expandiu-se. Porque, daquele momento em diante, era a Roberta tomando surra atrás de surra, e depois era a vez da mãe. Ou vice-versa. Porque começava com uma delas, a outra tentava defender, e aí a violência virava contra aquela que, na cabeça do patriarca, devia ficar quieta e não se meter nos problemas da outra. Porque, veja só! A filha mais velha não se metia nos problemas da ovelha negra do meio! E muito menos o caçula, exemplo de menino bom e o orgulho do pai! Mas isso foi no fim da década de 70, começo dos anos 80. Atos abomináveis como esses eram comuns naquela época. Pena que pouca coisa mudou de lá pra cá...

Maaaas... Uma mudança significativa ocorreu entre aqueles tempos de violência doméstica e o dia em que

Roberta resolveu me fazer uma visitinha aqui no consultório. O pai dela, na época com 78 anos, sofreu um AVC. Daqueles sérios, debilitantes. A mãe já tinha passado por isso, uma década mais cedo, e acabou falecendo cerca de um ano mais tarde, a saúde severamente debilitada por conta das sequelas do derrame. Naquela ocasião, o pai se recusou a cuidar da esposa, que foi acolhida pela filha do meio. E, por incrível que pareça, quando chegou a vez do pai, Roberta não pensou duas vezes! Acolheu-o em sua casa, e cuida dele já faz quase três anos! Essa Roberta é um amor de pessoa... Quisera eu ter o coração que ela tem... Porque se fosse meu pai... Ah! Deixa pra lá!

No início, achava que rolava um lance do tipo Síndrome de Estocolmo. Mas, conforme progredimos com as sessões, pude ver que não é nada disso. Ela tem total consciência acerca de quem é aquele homem que divide teto com ela, e que consome parte relevante de seu salário em medicamentos e outros cuidados pessoais. Mas ela tem um coração do tamanho do mundo, e por isso acabou acolhendo-o. Mas esse coração bondoso vive em conflito com suas convicções, suas memórias, seus traumas.

O que a trouxe a meu consultório? A necessidade de encontrar respostas para esse acolhimento a seu carrasco. O amor incondicional à vida, em conflito constante com a vontade de mandar seu pai à merda, de despachá-lo para a casa da irmã mais velha ou do irmão caçula, só pra ver como se sairiam na difícil missão de cuidar de um velho incapaz. O mesmo que, décadas atrás, não pensava duas vezes antes de levantar-lhe a voz ou as mãos. E que, agora, dependia dela até mesmo pra limpar a bunda...

Quer saber? Como amiga, falaria pra ela mandar esse velho pra puta que o pariu! Mas, como não posso... Restrinjo-me à responsabilidade profissional de ajudá-la a encontrar respostas para suas atitudes, e paz de espírito naquilo que acabar decidindo ser o melhor para si mesma.

Mas se fosse meu pai, hora dessas ia estar na casa do filhinho caçula. Ou da filha mais velha. Ou em um asilo qualquer. Porque eu é que não ia dar uma migalha de pão que fosse pra um porco desses...

Solidariedade e vingança

Estas últimas duas semanas têm sido super difíceis pra mim. Comecei a pensar sobre nossa última conversa, e a coisa toda tomou um rumo que não me agrada nem um pouco. Me sinto mal só de pensar naquilo que comecei a pensar... Confuso, né? Pois é isso que essa coisa toda tem sido pra mim. Confusa. Uma grande confusão de ideias em conflito aqui na minha cabeça.

A coisa começou com aquela sua pergunta: *"Por que trouxe meu pai pra morar comigo?"* Puta perguntinha filha da puta essa aí! Parece fácil, né? Trouxe porque ele está doente. Porque ele precisa de cuidados. Porque ele precisa de ajuda. Porque ninguém mais poderia ajudá-lo. Porque sou sua filha, então é o mínimo que posso fazer por ele. E assim vai. Mas quer saber? Não é nada assim tão simples, nem assim tão óbvio! A verdade é que não sei por que trouxe esse velho rabugento pra dentro da minha casa...

Que ódio! Acho que acolhi esse velho só pra mostrar que sou melhor que ele. Que sou capaz de superar tudo o que fez de mal pra mim e pra minha mãe. Que, apesar de ele ter se recusado a cuidar dela, justo quando ela mais precisou dele, estendo-lhe agora as mãos, da mesma forma que fiz por ela. Na real, acho que fiz e faço tudo isso só pra mostrar-lhe que sou melhor que ele. E, ao fazê-lo sob tal motivação, me pergunto se realmente sou melhor que aquele velho que, anos atrás, tratava a mim e a minha mãe como a escória do mundo?

Estou perdida, Verena! Não sei mais o que sinto... Tive até vontade de pôr aquele velho pra fora de casa, mas a razão fala mais forte. Ou o ego, sei lá. Alguma coisa me impediu, e me impede, de tomar atitudes mais drásticas. Por ora, sigo cuidando, gastando mais da metade do que ganho na Santa Casa de Osasco com remédios e um cuidador que passa o dia com ele. Mas tive vontade de botá-lo pra correr. Muita. E por diversas vezes. Mas me contive, e ele segue lá. Calado. Não fala comigo. Parece ter vergonha da situação. E isso alimenta ainda mais meu sentimento de superioridade, combinado àquele gostinho de vingança. Sinto-me superior a ele, e sinto que ele percebe isso. Talvez até por isso não dirija a palavra a mim. Porque sabe que sou melhor que ele, mais gente que ele. Mas, só de pensar dessa forma, me sinto a pior das criaturas.

É isso que estou sentindo. São esses pensamentos que não saem da minha cabeça. E o pior de tudo? Sei que vai me perguntar o que pretendo fazer com tudo isso. E sabe o quê? Não tenho a menor ideia...

O que sei é que, do jeito que está, não dá pra ficar. Ou assumo de vez que o que estou fazendo é a coisa certa a ser feita, retiro a emoção do meio disso tudo, dou um cala-a-boca no meu ego e a vida segue. Ou então aceito que o que faço, o faço simplesmente para alimentar meu ego. Que tudo não passa de minha silenciosa vingança. Que tudo é uma questão de me fazer sentir superior. E esquecer essa coisa de altruísmos, porque não é nada disso que me motiva fazer o que estou fazendo por ele. Afinal, não o faço por ele. O fiz por minha mãe, no passado. Mas não por ele. Faço o que faço por mim, pelo meu ego. E tenho que aceitar isso tudo e deixar de sentir-me mal por conta dessa atitude egoísta. Se for essa a resposta, tudo bem! Que seja egoísmo da minha parte! Que seja para sentir-me vingada! Mas que pare de me torturar por toda essa merda de situação na qual me meti! Porque não posso ficar forçando meu consciente a pensar que o faço por uma causa maior, quando meus motivos são tão mundanos quanto aqueles que faziam meu pai tratar a mim e a minha mãe como sempre nos tratou ao longo da vida!

Preciso aceitar e seguir adiante. Mas não é nada fácil, viu? Por que esses laços familiares têm sempre que ser tão mais complexos do que aparentam na superfície? Como me disse uma amiga um tempo atrás, feliz mesmo é a ameba, que nasce de divisão celular!

E quer saber? Era assim que me sentia na infância e adolescência. Uma ameba. Um ser que nasceu de uma simples divisão celular. Sem pais. Alguém que apenas surgiu no mundo. E que, agora, tem que cuidar daquele homem que só lhe fazia sentir-se diminuída.

Verena, você sabe o que é isso? Sabe a merda que é sentir-se desse jeito? Nem queira saber... Digo, assim na prática. Porque, na teoria, espero que saiba. Porque preciso da sua ajuda pra sair daqui. Me ajuda?

♀ ♀ ♀

A garota do tráfico

"Meu Deus do céu! O que foi que fiz na noite passada pra merecer este dia de cão? A Roberta, amorzinho de tudo, veio pra cá hoje com as ideias viradas do avesso! E agora tem a Chris... E tô vendo aqui na agenda que mais tarde tem a Lorena e a Jana..." – pensou, enquanto vasculhava sua programação para o dia.

Oi, querida! Me diz uma coisa. O povo resolveu vir tudo hoje, foi? Nunca teve um dia com quatro pacientes tão parecidas na agenda! Ahhhh! Feriado prolongado! Tá explicado! Olha. Quando for assim, inventa que a agenda tá lotada e tenta distribuir o peso em pelo menos dois dias. Porque as quatro de hoje têm histórias de vida tão parecidas, mas tão parecidas, que vou acabar me confundindo aqui nas conversas! Ainda bem que tem feriado prolongado pra afastar a carga negativa bem pra longe! É, vou pra Juquéi sim! Amanhã cedo. E você? Não me diga! Riviera? Tá podendo, hein, menina! Acho que a clínica precisa rever seu salário! Brincadeirinha... Aproveita então, querida! Porque eu ainda tenho três bombas pra desarmar ao longo da noite... Não esquece de reprogramar a campainha aqui pro interfone da minha sala antes de sair, tá bem? Beijos, querida! Bom feriado!

Ficha 932, Christiane Fraga. *Mmmmmm...* Christiane F. Como é que não me dei conta disso antes? Vinte e sete anos, casada, uma filha. O marido encontra-se foragido. Tráfico internacional de entorpecentes. E o sujeito não é peixe pequeno não! Sua foto já apareceu em tudo quanto é jornal e revista do mundo! Cartel de Cali, se não me engano. Começou trazendo erva do Paraguai, daí conheceu um colombiano, trouxe uns pacotes de pó no meio de uma carga de motores industriais, e daí foi crescendo e crescendo, até que virou quem virou. Parece crescimento fácil e rápido, feito coisa de cinema. E foi exatamente assim que aconteceu! Até que ela descobriu tudo, junto com o resto da família e amigos, por meio dos jornais e da TV. E, desde aquela tarde de sábado, nunca mais o viu. Pelo menos é o que me disse. Vai saber...

E como a vida se repete em ciclos, adivinha quem era seu pai? Um traficante! Peixe pequeno, mas traficante! Estava mais pra dono de boca, mas ela não se lembra ao certo. Era muito pequena quando ele morreu. Ou o mataram. Vai saber... Autópsia aponta para overdose, mas diz a mãe dela que ele era traficante, não usuário. Reza a lenda que, pra se dar bem no tráfico, você tem que conhecer o produto, mas não depender dele. Vai saber...

Eita! Hoje tô com esse tal de "vai saber" que não sai da minha cabeça!

A história da Chris guarda algumas similaridades com a da Roberta. Não que ela apanhasse do pai, muito pelo contrário. Era a queridinha do papai! Já a mãe... Essa vivia tomando tapa, chute, soco, xingo... E isso tudo na frente da pequena Chris, na época nos auge dos seus cinco, seis anos de idade. E, depois que dava uma surra na esposa por motivo fútil qualquer, vinha e abraçava a filhinha amada, todo carinhoso, e a levava pra tomar um sorvete ou comprar um pirulito no bar da esquina. Era verdadeira cena de filme de terror para a pequena Christiane. Primeiro, assistia aquelas cenas de violência gratuita. Depois, saia para passear com o torturador de sua mãe, os dois de mãos dadas, como se fossem uma família feliz.

No dia que seu pai morreu, sentiu um misto de dor e alívio. Sua mãe chorava desesperadamente. Christiane não entendia o porquê. Para ela, Christiane, era talvez o dia mais feliz de sua vida. Porque adorava sair para tomar sorvete e comprar pirulitos. Mas detestava assistir aquele homem batendo em sua mãe. Então, na mente da pequena Chris, a morte de seu pai tirou um peso enorme de suas costas. Mas, anos depois, veio o marido. E a revelação de sua verdadeira identidade. E todo aquele filme em preto-e-branco começou a passar, repetidas vezes, em sua cabeça. E foi aí então que ela resolveu me procurar.

Chris sente o peso da repetição, a incapacidade de perceber quem estava ao seu lado, o sentimento de alívio, culpa autoimposta talvez, por não ter passado pelo mesmo martírio que passou sua mãe, e a cobrança indireta de sua filha pela ausência do pai, que também a levava para tomar sorvete e comprar pirulitos no bar da esquina.

Ainda preciso explorar mais o caso dela. Tem coisa nessa história toda ainda por ser contada. Certeza que ela ainda não se abriu totalmente, nem comigo, muito menos consigo mesma. Ao que tudo indica, existe uma pressão maior sobre ela, a qual não pode, não quer, ou ainda não está pronta para compartilhar. Veremos...

♀ ♀ ♀

A gente se falou na noite passada

Posso confiar em você, no seu sigilo profissional, verdade? Aquilo que a gente conversa aqui, fica aqui, não é mesmo? Então... Nem sei se deveria ou não te contar isso... Mas não vou conseguir guardar esse peso aqui no meu peito... Você promete guardar segredo?

Ontem o Leonardo me ligou. Leonardo, pai da Sofia. Meu marido. O foragido. Ele mesmo. Não me disse onde está. E mesmo que tivesse dito, não iria te dizer. Me desculpe. Só me disse que está bem, que sente saudades e que se arrepende d'eu ter descoberto tudo da forma que acabei descobrindo. Disse que pensou várias vezes em me contar tudo, mas que temia minha reação. Especialmente por conhecer meu passado, a história complicada com meu pai. Temia que pudesse largá-lo e levar a Sofia pra longe dele. E é mais ou menos o que acabou acontecendo. Não larguei dele. Mas ele teve que se esconder pra não acabar preso ou morto. Na prática, acaba dando tudo na mesma...

Fiquei muda por um bom tempo. Apenas ouvia. Até que começou a perguntar se ainda estava ali. Como eu não falava nada, ele achou que a ligação poderia ter caído. E, na insistência dele em ouvir minha voz, acabei não me contendo. Desabei em choro. Xinguei-o de tudo quanto era nome. Nem me lembro mais o que tanto disse pra ele. Mas disse tudo que estava engasgado desde que se foi. Engraçado... Não consigo me lembrar do que falei. Mas tenho certeza que disse tudo que precisava ser dito. Podia sentir isso aqui no meu peito, estava bem mais leve depois do desabafo. Xinguei, gritei, chorei. Até que percebi a porta do quarto entreaberta, e tinha uma cabecinha ali, que observava tudo que se passava. Era Sofia. E então desliguei a chamada. Imediatamente.

Ela veio até mim, a cabeça pra baixo, o olhar voltado aos seus pés, como se quisesse contar cada um de seus passos. E então, sem levantar o olhar, me abraçou. Deixei-a ali por alguns segundos, e então meu choro verteu-se em soluços. Me esforcei para contê-los e só então levantei sua cabeça, para que pudesse olhar bem nos seus olhos. E disse que a amava muito, que tudo ia ficar bem, e a abracei de novo. Mas o que doeu de verdade foi ela se afastando um pouco de mim, me olhando nos olhos e dizendo: *"Não fica triste não, mamãe. O papai está bem. Se estivesse aqui em casa, poderia estar morto, igual ao vovô. Ou você poderia estar apanhando dele, igual acontecia com a vovó..."*, e me abraçou novamente.

Como é que ela sabia dessa história? Nunca contei nada pra ela! Ela não conheceu o avô, e tenho certeza que minha mãe nunca disse nada sobre isso pra ela! Acha que minha mãe ia contar uma coisa dessas pra uma criança de seis anos? Ainda mais quando ninguém nem imaginava sobre essa vida paralela do Leonardo...

Tudo bem, pode ser que alguém contou tudo isso pra ela depois que o Leo fugiu. Pode ser. Mas quem seria tão cruel a esse ponto? Por que fizeram isso com a minha filha, meu Deus? Saco!

Me acalmei e acalmei-a, e então levei-a de volta pra cama e li uma história pra ela dormir. Peguei o livrinho da Chapeuzinho Vermelho, depois da Branca de Neve, depois do Menino que Gritou Lobo... Tudo me fazia lembrar do Leo, suas mentiras, aquele lobo em pele de cordeiro... Acabei pegando a Bíblia para crianças que ela ganhou de uma tia e li algum trecho, nem me lembro qual. E a Sofia dormiu em poucos minutos, de tão desinteressante que era aquela leitura. Tadinha...

Voltei pro quarto e peguei o celular pra ligar de volta pro Leo. Era número não identificado, claro! Não tinha como ligar de volta, e aquilo estava consumindo cada suspiro, cada batida do meu coração. Estava literalmente com o coração na boca! Sentia ele pulsando, forte, bem aqui em cima! Achei que ia morrer, tamanha a apreensão... Nunca tinha sentido isso, sabia? Foi uma coisa, assim, uma urgência de algo... Nem sei direito como explicar. Só sei que foi horrível. Até que ele ligou de novo. E, dessa vez, me controlei e escutei. Não disse nada além de um *"que bom que ligou de volta"*. E então deixei ele falar.

E ele me disse que me amava, que sentia minha falta, que está difícil viver longe de mim e da Sofia. Disse que se arrepende do que fez, mas que o fez foi pro nosso bem. E foi aí então que se quebrou todo o encanto. Percebi o tamanho do mentiroso com quem dividia a casa, a cama... Dividia com ele mais do que isso! Dividia a minha vida, e o amor de nossa filha! Que canalha mentiroso dos infernos! Porque jamais fez essa coisa toda pela gente! Ele tinha um bom emprego, ganhava bem, era admirado pelo seu chefe... Convenhamos. Nunca estivemos em situação de necessidade pra ele vir e dizer que fez tudo isso pela gente... Ele fez isso por ele mesmo! Pela ganância! Pelo dinheiro! Pela sensação de poder que aquela posição no tráfico lhe conferia! Canalha!

E ele continuou falando suas mentiras, mas meus ouvidos já não assimilavam mais nada. Aquele "foi por vocês" me tirou totalmente de sintonia. Parecia até que falava outra língua. Só fui perceber que seguia ali, do outro lado da linha, quando começou a chamar pelo meu nome repetidas vezes. Então lhe disse um "te amo", mentiroso igual a ele, e desliguei. Nem sabia se era pra desligar, mas desliguei. E ele não me ligou mais.

Verena do céu! Ontem foi a pior e a melhor noite da minha vida! Encarar os fatos foi doloroso, mas necessário. Só que ainda não assimilei toda essa história muito bem não. Vou precisar refletir muito sobre isso tudo, e decidir o que vou querer da vida. Mais importante, como vou abordar isso com a Sofia, e qual o momento certo para fazê-lo. Não sei se ela está pronta para ouvir a verdade. Mas ela já tem consciência de algumas verdades, sabe-se lá de quem as ouviu... E a questão pra mim é a seguinte: se mentir para ela, digamos assim, para protegê-la, serei tão mentirosa quanto ele! E não sei se quero isso pra mim ou pra ela...

Acho que é isso. Minha cabeça é um poço de perguntas. E não vai ser fácil esvaziar esse poço não. Porque ele é bem fundo. E escuro. E a corda não é lá tão longa, nem o balde tão grande, pra retirar toda a água...

☿ ☿ ☿

A menina que era álibi

Já era sete da noite quando Christiane deixou o consultório. Como a recepcionista já não estava mais lá, Verena acompanhou-a até a saída, certificando-se de que a porta estava trancada. Morria de medo de ficar sozinha naquela clínica à noite, mas não tinha jeito. Atender em horários flexíveis era um de seus diferenciais, pois que isso ajudava a atrair pacientes que não poderiam ir à clínica em horário comercial.

Antes de voltar para sua sala, parou de frente à mesinha redonda, próxima a recepção. Da garrafa térmica branca, tirou um pouco de chá em um copo descartável. *"Ainda bem que ainda tem chá. Porque ninguém merece café gelado..."*, pensou.

Enquanto saboreava seu chá morno, quase frio, refletia sobre a sessão com a Christiane, o conflito entre o amar incondicionalmente e o sentir-se traída pelo marido e suas mentiras. Pior que isso era observar a responsabilidade pela mentira sendo a ela atribuída, como se a culpa sempre fosse da mulher. *"E a culpa acaba sempre sendo da mulher..."*, pensou. Pior ainda era ter que lidar com o conflito envolvendo a filha, a dúvida entre dizer-lhe a verdade ou, seguindo os mesmos passos do marido, mentir para proteger a pequena Sofia de frustrações que, invariavelmente, mais cedo ou mais tarde, a vida acabará trazendo. Isso sem contar que, ao que tudo indica, a menina já tem mais consciência dos fatos do que a mãe poderia imaginar. Que situação mais complicada!

Foi então que ouviu alguém bater na porta de vidro da clínica. Era Lorena.

- Boa noite, Lorena! Mudou o horário por conta do feriado, foi?

- Oi, Verena! Foi sim! Acho que eu e todo o mundo, não é mesmo? Estamos indo pro interior, eu e meu marido, passar o feriado prolongado na casa de meus pais. E você, quais os planos?

- Tô indo pra Juqueí com umas amigas. Sempre que dá, a gente aluga uma casa e desce pra lá. Muito bom... Já foi?

E as duas seguiram a conversa até o consultório, e então Lorena começou a falar de seus problemas.

- Não suporto mais essa insegurança toda! Sei que o Lucas faz de tudo por mim, que não me dá motivos pra todo esse ciúme... Mas meu pai também parecia ser o mais santo dos homens na frente dos outros! Só eu sei que, de santo, aquele homem não tem absolutamente nada!

- Mas me conta, Lorena. O que te faz sentir ciúmes do seu marido? Quais são as atitudes dele que despertam esse sentimento em você?

- Tudo, Verena! Tudo! Ele teve que trabalhar até mais tarde, já começa o interrogatório. Por que teve que trabalhar, quem mais ficou trabalhando, o que exatamente fizeram, o que comeram, onde comeram, por que não podia ter deixado pra amanhã... E, se ao sair do trabalho, parou em um bar pra uma cerveja, aí então é morte na certa! Se ele recebe uma mensagem de WhatsApp, quero logo saber quem mandou, o que queria, do que se tratava. Se for mensagem de mulher então... Só perdoo se for em grupo, e olha lá! E quando começa a rir... Ou pior! Apenas dá um sorriso de canto de boca enquanto olha pra tela do celular... Aí que eu fico louca pra valer! Fico imaginando tudo que pode estar se passando por trás daquela tela... Quando sai com os amigos, sempre acabo achando uma desculpa pra ligar pra um ou outro, só pra me certificar de que estão realmente juntos. Isso chegou a um ponto tão ridículo, mas tão ridículo, que agora os amigos do Lucas se revezam em mandar selfies da turma, meu marido incluído, só pra me mostrar que estão realmente juntos, que não estão acobertando-o para que possa sair por aí com alguma vagabunda...

- Mas isso aí é o Lucas, é você ou são suas memórias de infância?

- Mas é claro que é tudo culpa do traste do meu pai, poxa vida! Ele fodeu geral com minha autoestima! Velho filho de uma puta!

Verena manteve-se em silêncio, tentando provocar a continuidade do tema. Sempre que começava a falar do pai, acabava interrompendo a conversa no meio. Parecia nunca estar pronta para encarar aquele trauma do passado. Então Verena tentava, a duras penas, retirar-lhe aquele peso que carregava desde há muitos anos. Sabia que algo de muito errado havia acontecido entre Lorena e seu pai, e que isso envolvia a infidelidade dele para com sua mãe. Apenas não sabia dos detalhes dessa situação, e porque a ela esse fato lhe era tão traumático, a ponto de evitar falar a respeito. Mas, naquela noite, Lorena decidiu se abrir.

- Quando tinha uns sete, oito anos, meu pai me levava pra casa de uma amiga da escola pra passar a tarde brincando. Ele trabalhava no turno da noite, então tinha as tardes livres. Me pegava na escola por volta de uma da tarde, me levava pra casa da minha amiga lá pelas três e ficávamos lá até umas cinco. Era o mínimo que podia fazer pra passar um tempo comigo. Pelo menos era isso que dizia pra minha mãe. Mas a verdade é que o fazia pra poder passar as tardes com sua amante, a mãe da minha amiga de escola!

Demorou pra perceber que era isso. Mas um dia peguei os dois juntos no quarto dela... Ele não sabe que vi os dois juntos, mas com certeza podia sentir que eu sabia de algo. Porque desde aquele dia, meu comportamento com ele mudou. Assim como mudou minha vontade de ir até a casa da minha amiga para brincar. Mas não adiantava de nada minha falta de vontade, porque ele me fazia pegar minhas coisas e entrar no carro, quisesse eu ou não, pra que fôssemos pra casa dela. Pra brincar. Eu com minha amiga, ele com a amante dele. Que nojo!

Verena seguia em silêncio, tomando nota em seu caderno e balançando a cabeça, sempre. Parecia estereótipo de analista escutando ao paciente, e era exatamente isso. Tinha que permitir-lhe a Lorena que seguisse em frente, que pusesse para fora tudo aquilo que a incomodava há anos. No fundo, as anotações no caderno pouco importavam. O simbolismo do tomar nota, do balançar a cabeça e manter-se em silêncio, demonstrando que lhe era toda ouvidos, era o que realmente importava naquele momento. A demonstração de que ouvia, em silêncio, sem julgar, sem interferir. Apenas ouvia. E era isso que Lorena mais precisava. Alguém que a ouvisse atentamente, com interesse genuíno em sua história, sem interromper sua difícil narrativa.

- Ele me usava como álibi, entende? Isso me irritava profundamente! E o que mais me irritava, na verdade, era que não tinha coragem de contar o que sabia para minha mãe... Era testemunha silenciosa da traição de meu pai. Álibi e cúmplice. Era assim que me sentia. Até os meus quinze anos. Porque ali chegou o dia do basta. O dia em que a verdade veio à tona. Porque, no dia da minha festa de debutante, o desgraçado do meu pai não pôde ir. Disse que tinha que trabalhar, que não conseguiu mudar o turno. Tive que dançar a valsa com meu primo. Coincidentemente, a mãe de minha melhor amiga também não foi à festa! Estava indisposta, pelo menos foi a desculpa que deu à minha amiga e ao pai dela. Não sei se tudo isso era verdade, ou apenas uma desculpa para passarem uma noite juntos. Mas naquela noite eu explodi. Fui e contei tudo pra minha mãe. Aos prantos. E ela, óbvio, não acreditou em mim. Brigamos horrores. E quer saber? Não adiantou de nada aquele meu showzinho na minha festa de quinze anos... Só piorou a coisa toda, na verdade. Porque ali fui eu quem saiu com a fama de mentirosa. Minha mãe ficou do lado do meu pai. E ele cortou relações comigo...

Lorena chorava. Não descontroladamente. Mas já não conseguia mais continuar. Tomou uma caixa de lenços que estava ao seu lado e tentou se recompor. Respirou fundo, saiu para tomar um pouco de água, apesar da garrafa de água na mesa bem a sua frente. Precisa sair daquela sala. Precisava de um tempo para si.

Voltou ao consultório e mudou de assunto. Não quis continuar com seu desabafo sobre seu pai. Falou sobre qualquer outra coisa sem importância que tinha lhe acontecido na semana, e Verena respeitou sua opção. Cada coisa a seu tempo.

Despediram-se ao final da sessão. Lorena disse que Verena não precisava acompanhá-la até a recepção. Ela trancaria a porta ao sair. Verena então aproveitou o intervalo entre uma sessão e outra para aquela rápida passadinha pelo banheiro.

♀   ♀   ♀

A mãe que nunca foi

- Cacete! Por que diabos esses acidentes sempre acontecem quando a gente menos espera? Bem que notei que andava meio sem paciência esta semana...

Vermelho. O mundo havia se convertido em vermelho. E esse mundo incluía sua calcinha, calça e, muito provavelmente, sua cadeira no consultório.

- Ainda bem que estou com calça escura... Mas não quero nem olhar pra minha cadeira bege clara... - pensou.

Era quase que rotina. Um em cada três períodos vinham daquela forma. Sem aviso. Um fluxo forte e repentino. E esse "um em cada três" sempre acontecia nos momentos menos conveniente. Se é que poderia haver um momento conveniente para esse tipo de acidente.

- Sou larga mesmo... Justo em véspera de feriado prolongado! Eu odeio essa porra de absorvente interno! Fora que vou tá tudo inchada pra pôr biquíni... Saco, viu?

Lavou como pôde sua calcinha na pia, usando o secador de mãos para retirar o excesso de umidade. Forrou-a com papel higiênico, assim como a parte interna de sua calça. Por fim, formou um rolo de papel higiênico, como fosse um absorvente íntimo, e o posicionou na parte interna de sua calcinha. Uma detalhada investigação no espelho. *"Quarenta anos nas costas, e já me sinto uma múmia... Toda enrolada, só que em papel... Pelo menos minha bunda ficou mais volumosa!"*, pensou, em meio a risos, em uma tentativa de achar graça na própria desgraça. O fato é que Verena se especializou, ao longo da vida, em sorrir frente às adversidades. E, em meio a essa inspeção frente ao espelho, ouviu soar a campainha.

- Que saco! Nem deu tempo pra limpar minha cadeira! Vou ter que inventar uma história qualquer pra Janaína e conduzir a sessão na sala de Pilates. Lá, pelo menos, os assentos das cadeiras são em couro preto...

Voltou para sua sala e olhou para sua cadeira. *"Puta merda! Parece até a bandeira do Japão! Um quadrado branco com uma bola vermelha no meio! Que exagero..."*, pensou. E então respondeu ao interfone, confirmando que se tratava de sua última paciente daquela noite. Apertou o botão para destravar a porta e combinou de encontrá-la na recepção.

- Janaína, querida! Tudo bem com você? Olha... Podemos fazer nossa sessão de hoje na sala de Pilates? Pensei em inventar alguma desculpa, mas sabe que sou péssima nisso, né? Então... Acidente de percurso... *Me-ni-na*... Acabou de vir rios pra mim! Quando vi, já não tinha mais o que fazer!

- Meu Deus! Horrível quando acontece essas coisas, né? Mas calma, que hoje eu vim aqui pra te salvar! Toma! Vai lá que te espero na sala de Pilates.

Janaína lhe entregou um absorvente que carregava na bolsa, o qual foi prontamente aceito e infinitamente agradecido por ela. Minutos mais tarde, livre de todo aquele amontoado de papel – exceto pelas folhas que cobriam o fundo de sua calça, pois ainda podia sentir a umidade do tecido, a qual lhe incomodava profundamente – dirigiu-se à sala de Pilates para seus últimos cinquenta minutos de trabalho daquela semana.

- Obrigada, Janaína! Agora sim tenho condições de me entregar à nossa conversa de hoje! Porque, antes de vir em meu socorro, só podia pensar no incômodo que é carregar um rolo de papel higiênico por dentro da calça...

Janaína apenas sorriu. Não sabia o que dizer frente à franqueza de sua terapeuta.

- Mas me conta! Como foram suas últimas duas semanas? Como passou desde nossa última conversa?

- Nada bem, Verena. Nada bem...

Verena rapidamente mudou seu semblante, deixando o sorriso de lado, adotando uma expressão mais séria, demonstrando empatia e interesse genuíno naquilo que sua paciente tinha para lhe contar. Verena dominava como ninguém a técnica de adaptar expressão facial e linguagem corporal a cada ocasião, facilitando a fluidez da conversa, fosse em uma sessão de terapia, fosse uma conversa com sua melhor amiga.

- Foi péssimo, Verena. Foi péssimo!

Janaína começou a chorar. Não era um choro livre. Era, como quase tudo na vida dela, muito contido. Discreto. Controlado. Quase imperceptível. Lágrimas rolavam de seus olhos, prontamente absorvidas por um lenço de papel, como fosse uma noiva, no dia de seu casamento, tentando evitar que lágrimas borrassem sua maquiagem. No caso dela, não se tratava de não deixar que as lágrimas estragassem seu makeup. O que Janaína tentava evitar era que suas lágrimas borrassem sua reputação. Tinha um nome forte a zelar. Não podia deixar transparecer suas fraquezas. Assim, pelo menos, aprendera com seu pai. Ela era, afinal de contas, uma Montserrat.

- A mãe adotiva de minha filha me ligou semana passada. Minha anjinha se foi. Ela foi pra junto dos outros anjos e santos, foi pro lugar dela, um lugar melhor. E se foi sem saber que existo. Verena. Minha anjinha morreu, Verena!

E a força do sobrenome se desvaneceu, deixando-a aos dissabores de sua própria dor. Janaína chorava descontroladamente, ao que Verena simplesmente a acolhia em um abraço. Palavras não diriam tudo o que não deveria ser dito em um momento como aquele. E ali ficaram, Verena e Janaína, a primeira em silêncio absoluto, a segunda em seu choro quase que silencioso, num abraço forte e sincero, por longos e preciosos minutos.

- Obrigada, Verena. Mas melhor eu ir embora. Não consigo continuar. Mas obrigada mesmo. Espero que tenha um ótimo feriado prolongado.

- Mas você vai ficar bem, meu amor?

- Pode ficar tranquila. Vou ficar bem sim. No fim das contas, foi o melhor que poderia acontecer pra minha anjinha. Ela já sofreu demais nestes seis anos aqui na terra. Pra quem não viveria nem um ano, sua jornada foi longa o bastante. Agora ela está melhor. E eu vou ficar também. Obrigada, querida. A gente se vê em duas semanas, combinado?

Verena acompanhou-a até a porta, deu-lhe um último abraço e se despediram. Voltou à sua sala, com a intenção de limpar o assento de sua cadeira. Observou a mancha, que já nem parecia tão grande, e resolveu deixar para depois. Se não fosse possível limpar, paciência! Pegou seu casaquinho de lã e sua bolsa e dirigiu-se à recepção para acionar o alarme e seguir para casa. Ainda tinha que arrumar as malas para a viagem na manhã seguinte.

Quando se preparava para acionar o alarme, se deu conta de que o computador da recepção estava ligado. Não sabia a senha para sair do protetor de tela, e tampouco pensou em desligá-lo a partir da tela de login do Windows. Simplesmente pressionou o botão liga-desliga por alguns segundos, até que deixou de ouvir o ruído do disco rígido.

Quatro dígitos do alarme inseridos no painel de controle, e então trancou a porta da clínica. Duas voltas de chave tetra. E mais um par de pesados cadeados no portão eletrônico, do lado de fora.

- E que venha meu merecido descanso, depois deste *loooongo* dia... Mas sabe o quê? Vou pedir um japa lá do Nakka quando chegar em casa... Queria mesmo era parar por lá, mas com essa minha calça... Nem pensar! Delivery vai ter que dar pro gasto hoje à noite...

♀ ♀ ♀

Encontro premeditado

- Não acredito! Esse povo não vive reclamando da crise? Que crise é essa, que é só ter feriado prolongado e o povo todo de São Paulo desce tudo pra praia? Dinheiro pra vida boa é o que não falta nessa crise, né não?

Verena estava inconformada. Saíram de São Paulo por volta das nove da manhã. Cinco horas mais tarde, e só então podiam ver a entrada de Juqueí.

- E se a gente parar pra comer alguma coisa, antes mesmo de ir pra casa deixar as malas?

- Excelente ideia, Monica! Já estou até pálida de fome, não estou?

- Não vai me inventar de desmaiar aqui no carro, hein, Verena! Como se não bastasse passar metade do dia na frente do volante, ainda vou ter que ficar acudindo amiga passando mal? Nem vem, bonitona!

As duas caíram na gargalhada. Era aquela sensação de alívio, de chegarem ao seu destino, depois de uma longa jornada, presas em infindáveis engarrafamentos.

- Badauê. Topa?

- Qual que é esse mesmo?

- Aquele azulzinho pé-na-areia... O da casquinha de siri no potinho de barro...

- Ah! Fechou! Adoro aquele lugar! Mas será que consegue mesa?

- Monica, *comm'on*... Você está comigo, então é claro que vai ter mesa!

- Ué! Ficou famosa e não me contou, foi?

- *Nãããããoo*... É que a dona faz terapia lá comigo, não te contei? Ela mora em São Paulo. Moema. Vão abrir um Badauê nos Jardins, lá na Padre João Manuel. Sabia?

- Ah, não pode abrir não!

- Ué! E por que não?

- Porque senão não vai mais colar a desculpa de ter que vir pra Juqueí só pra ir ao restaurante, não é não?

Não precisaram nem pedir por uma mesa. Foi descerem do carro, e um garçom foi logo levando-as para uma grande mesa na varanda, de frente para a praia. Lá estavam suas três amigas. E a recepcionista da clínica. E um rapaz que não sabiam quem era.

- A gente vem pra praia pra fugir do *stress* do dia-a-dia, e logo que chega, já dá de cara com a turma do trabalho? Ah, vá...

Verena e Marcela se abraçaram, um abraço forte e fraterno, como se não se vissem há muito tempo. A verdade é que não fazia nem vinte e quatro horas que tinham conversado na clínica.

- Acho que você não conhece meu irmão, conhece?

- Ah! Agora sei quem é o sortudo dividindo mesa com as Luluzinhas... – comentou, com um indisfarçável olhar de interesse.

Ele se levantou para cumprimentá-la. Para sua decepção, ao invés de um contato mais próximo, um abraço e um beijo, quando poderia sentir sua pele, seu cheiro, seu calor, ele manteve certa distância, apenas estendendo-lhe a mão.

- Você tem uma única chance para adivinhar meu nome – disse, olhando no fundo dos olhos dela, um sorriso sedutor e convidativo, constrastando com a formalidade de um simples aperto de mãos. Aquela situação lhe confundia os sentidos, mantendo-a em silêncio por eternos cinco segundos.

- Vamos lá, Verena! Nem parece que é Psicóloga! Vai e lê o contexto, tá fácil!

- Ei, peraí! Tô pensando! E psicologia não tem nada a ver com mediunidade, viu, querida...

- Verena! Vamos lá! Vou te dar uma dica: meus pais não são nada criativos...

Olhou novamente para ele, no que ouviu o incentivo que lhe faltava.

- Se acertar, te dou um beijo! – soltou, sem cerimônias e sem modéstia, o único homem da mesa, para o delírio das mulheres que assistiam a cena.

Verena olhou-o fixamente nos olhos, e então disse, com toda a confiança do mundo, não sem antes lamber e mordiscar os lábios: "Marcelo!"

Ele então puxou-a para junto dele, em um forte abraço, dando-lhe um beijo na bochecha. Um longo "ah", em uníssono, ecoou pelo restaurante, chamando a atenção de outros clientes àquela mesa na varanda.

"Quase... Meu nome é Marcel..." – aproximando-se do ouvido dela, confidenciou-lhe: *"Se minha irmã não estivesse aqui para me desmentir, teria lhe dito que tinha acertado..."*

Aquela frase fez-lhe arrepiar cada minúsculo pelo de seu corpo. Não podia sequer disfarçar. A pele ouriçada de seus braços era evidência incontestável. Ele então se afastou, segurando-a pelos braços – talvez para que pudesse apreciar melhor as consequências de seus atos, traduzidas naqueles pelos ouriçados – e disse: *"Já ouvi tanto sobre você que é como se já te conhecesse há anos."*

Verena não disse mais nada. Apenas desviou o olhar para baixo, como que se fazendo de tímida, e foi cumprimentar as outras três amigas. Sentou-se à mesa. Conversou. Sorriu. Gargalhou. Almoçou. Bebeu. Vez ou outra, flertou com Marcel, mas sem deixar transparecer interesse maior. Ele, por outro lado, não tirava os olhos dela por um segundo que fosse. E assim foi por mais de duas horas, até que se despediram na saída do Badauê. Ela, para a casa de praia que dividia com as amigas em Juqueí. Ele, de volta ao apartamento na Riviera. Naquela noite, demorou-se mais que o usual em seu banho, o pensamento distante, a suavidade do toque.

Sábado e domingo foram apenas as cinco amigas. Nenhum encontro ao acaso com Marcela e seu irmão. Enquanto seguia de volta a São Paulo, olhava ansiosa pela janela, como se esperasse que o destino pusesse os carros de sua amiga e da recepcionista da clínica lado a lado, horas a fio, naquele penoso engarrafamento de subida da serra.

♀ ♀ ♀

Tem sempre um dia ruim depois do feriado

- Puta merda! Me esqueci de ligar o despertador!

Já era oito e meia quando olhou para o relógio. Sua primeira consulta estava agendada para as nove. Não chegaria a tempo, não importa o que fizesse ou deixasse de fazer naquela manhã de segunda-feira.

- E ainda tem gente que fica com essa onda de *"Love Mondays"*... Simplesmente não tem como amar segunda-feiras! Odeio. Simplesmente odeio.

Atrasada por atrasada, resolveu seguir a rotina matinal de sempre. Uma mensagem de texto para Marcela, avisando que chegaria mais tarde, e seguiu seu ritual. Uma ducha para despertar, um café da manhã demorado, uma passada de olhos pela timeline do Instagram. Calculava chegar na clínica por volta das dez e meia. Mas não esperava aquele trânsito todo, que já começava bem na saída da garagem do prédio onde morava.

- Puta merda! O povo todo da subida da serra veio fazer plantão aqui em frente de casa, foi? Mas que droga de trânsito é esse?

Normalmente, o trajeto de seu apartamento até a clínica não levava mais que quinze, vinte minutos. Naquela manhã de segunda-feira pós feriado prolongado, ficou presa no trânsito por longos noventa minutos. Tudo por conta de um protesto contra um dos candidatos à Presidência que chegou ao segundo turno.

- Essa turma do *#elenão* só pode estar de brincadeira! Tiveram um feriado inteiro pra protestar, e foram deixar a porra da passeata justo pra hoje? Convenhamos... Se não fosse anular o voto, votava pra esse aí só de raiva...

Chegou à clínica e deu de cara com uma sala de espera vazia e uma recepção movimentada. Ali estavam Marcela, outros profissionais que atendiam naquele espaço e o moço da assistência técnica.

- Bom dia, Marcela! Tá tudo bem?

- Vejamos... Se dois de seus pacientes desta manhã saindo irritados por conta de seu atrasado, a agenda para o dia sendo controlada em papel, o interfone mudo e um computador que não quer ligar nem por Deus... Se isso for sinônimo de "tudo bem", então meu dia não poderia ser melhor!

- Menina! Mas o que aconteceu com o computador? E o interfone?

- Uma coisa não tem nada a ver com a outra. Pelo menos é o que parece. O interfone ficou mudo por conta de uma sobrecarga elétrica, talvez um raio. Já o computador, não está queimado. Ao que tudo indica, não foi desligado corretamente, então deu pau no setor de *boot*. É isso mesmo, querido?

- Sim, é isso sim, Marcela. Esse tipo de falha no setor de *boot* normalmente ocorre quando se força o *shutdown*, principalmente se o disco rígido estiver rodando alguma rotina crítica, tipo um *backup* ou instalando algum *upgrade* de sistema operacional.

- Mas eu tenho certeza que desliguei o computador antes de sair da clínica na quinta...

Nisso Verena interveio...

- Acho que não, querida... O computador estava ligado quando estava saindo. E, como não sabia a senha, apertei este botão aqui até perceber que tinha desligado...

- Mas eu tinha desligado ao sair! Não faz sentido!

- Acho que você esqueceu de desligar, Marcela. Acontece.

- Vou ter que levar pra manutenção. Lá a gente tem mais ferramentas pra forçar o *boot* e recuperar setores danificados do disco ou reinstalar programas que possam estar corrompidos. Dá pra viver um ou dois dias sem sistema? Porque acho que não vai ter outra opção...

- Bom... Como diz meu amigo Guillermo, *"o que não tem solução, solucionado está"*. Tem outro jeito? Não, né! Então leva, a gente se vira no papel, e depois desconta o conserto do salário da Marcela!

- Ei! Que história é essa? Não foi culpa minha não! Tenho certeza que desliguei o computador, como sempre faço, antes de sair. E, afinal, quem apertou o botão foi você, né, Dona Verena?

Verena fez cara de ódio, mas logo caiu na gargalhada.

- Tô brincando, menina! Você acha mesmo que ia descontar do teu salário? Tudo bem que está ganhando muito bem, foi até passar feriado na Riviera... Mas daí pra descontar já é demais da conta, não é não?

E Verena seguia rindo. Marcela apenas abriu um sorriso amarelo, do tipo que não consegue distinguir se era mesmo piada ou apenas uma forma de contornar uma proposta mal recebida.

- Olha, tô levando o computador então. Devo trazer de volta entre amanhã e quarta, dependendo do tamanho do problema. Mas acho que é coisa simples. Agora, se tiver que trocar o disco rígido... Vocês têm *backup*, né?

As duas olharam, uma para a outra, esperando que uma delas tivesse a resposta. Mas a esperada confirmação não vinha nem de uma, nem da outra.

- É, parece que não. Agora é torcer pra que não tenham perdido nenhuma informação. E, independente do que acontecer, recomendo comprarem um HD externo ou contratarem um serviço de *backup* na nuvem. Tem muito dado importante de cliente pra deixarem assim sem fazer cópia de segurança.

Preencheu um formulário de atendimento, colheu assinatura da recepcionista, recolheu a torre negra do velho *desktop* e saiu em direção a sua Saveiro branca. Nessa altura, não havia ninguém mais na recepção, além de Marcela e Verena.

- E aí? Curtiu bastante o feriado na Riviera?

- Foi excelente, Verena! Estava mesmo precisando desse feriado...

- Pena que chegamos de volta e a realidade nos deu esse tapa na cara, logo na manhã de segunda-feira...

- Mas calma! Muita calma! Vai dar tudo certo, você vai ver. E não vamos ter perdido nenhuma informação de paciente. Vai estar tudo lá, direitinho, depois que consertarem o computador.

- É. Tomara. Mas temos que ter esse lance aí de *backup* na nuvem. Não dá pra arriscar perder as fichas dos pacientes por conta de problemas técnicos.

- Verdade...

- E... Desculpa, viu? Não quero que pense que acho que foi culpa sua. Tentei rir da situação, mas a piada não caiu bem, né?

- Ih! Desencana, querida! Já passou, tá bem? Já passou.

Verena caminhou ao redor do balcão da recepção, dando-lhe um abraço e um beijo no rosto.

- Te adoro, menina! Que bom ter você aqui comigo...

Quando se afastava, Marcela segurou-a pelas mãos e, olhando nos seus olhos, disse: *"Meu irmão perguntou de você o feriado inteiro..."*

Verena sorriu um sorriso de canto de boca, deu uma piscadela e saiu. Caminhou degraus acima, em direção a seu consultório, pensando na impressão que poderia ter passado a Marcel naquele breve encontro. Entrou na sua sala, pendurou sua bolsa e blusa no cabideiro e caminhou até sua mesa.

- Cacete! Me esqueci dessa porcaria de mancha na cadeira! Lá vamos nós limpar essa rodela vermelha... Maldita segunda-feira! Como eu te odeio!

♀   ♀   ♀

Encaixe

Bom dia, querida! Tudo bem? – disse, ao atender àquela chamada em seu celular. Claro que posso! Você pode vir amanhã às onze e meia? Meio-dia? Deixa ver. Ok! Tudo certo! Amanhã ao meio-dia, agendada! Te vejo amanhã cedo então. Beijo, querida! Beijo...

Oi, querida. Acabaram de me ligar aqui no celular. Acho que o telefone ainda está mudo... Porque ela tentou ligar aí na recepção, e ninguém atendeu. Ah! Entendi... O cabo estava conectado ao computador... Então me faz um favor, querida? Tem como conectar esse cabo direto no telefone? Porque deve estar assim de cliente tentando ligar na clínica, sem conseguir completar a chamada! Ainda bem que a Janaína tem meu celular... Isso mesmo... A Jana Montserrat... Precisa me ver amanhã ao meio-dia. A conversa não fluiu bem na quinta-feira. Encaixei ela pra amanhã, tudo bem? Aqui pela agenda improvisada, tem paciente as quinze pra uma. Tem como pedir pra chegar uns quinze minutos mais tarde? Isso... Excelente, querida! Gratidão, viu? Beijos...

Vou ter que me preparar espiritualmente pra essa conversa com a Janaína. Sei que não deveria me envolver emocionalmente com as histórias de vida de minhas pacientes, mas como ouvi-la falar de sua filha sem me emocionar? Essa é das histórias mais surreais que já apareceram por aqui!

A pobre Janaína já sofreu demais para sua pouca idade. Vinte e três anos. Uma gravidez indesejada, escondida de sua família até o último segundo. A sensação de viuvez, depois que o pai de sua filha foi assassinado em uma briga entre torcidas rivais. As complicações de um parto não assistido, após meses sem qualquer acompanhamento pré-natal, uma gestação prolongada e quaisquer sinais externos ocultados por ataduras envolvendo firmemente sua região abdominal. Essa tentativa de ocultar a gravidez de seus pais, mais precisamente de seu pai, não permitiu ao feto desenvolver-se naturalmente. Os resultados catastróficos dessa situação foram, para o corpo da mãe, uma histerectomia supra cervical, enquanto o feto sofreu severa má formação, incluindo deformação dos membros superiores e inferiores e de sua coluna vertebral e caixa torácica, bem como hidrocefalia obstrutiva. Após uma semana do parto, Jana finalmente retornou a sua casa, mas sem sua "anjinha", que é como se referia à sua filha. Nunca me disse o nome dela. Provavelmente nunca soube. A criança foi dada a adoção. Faleceu semana passada. E que Deus a tenha em seus braços.

Acho que o mais difícil para mim é pensar que eu, hoje no auge dos meus quarenta e poucos anos, decidi há anos que não teria filhos, muito embora tivesse todas as condições biológicas para tal. Já a Janaína, ela queria ter filhos. Quem não queria era seu pai. E agora, mesmo que quisesse, e não devendo mais satisfações a ele, sendo ela maior de idade e dona de seus atos e decisões, não tem mais condições biológicas que a propiciem tal experiência. Não me culpo pela minha escolha, ela é minha e só minha. Mas me coloco no lugar dela. Ela queria. Mas não lhe foi permitido. E agora, por conta daquilo que queria ou deixava de querer seu pai, ela já não pode mais seguir suas próprias vontades.

Dizem que essas coisas acontecem nas nossas vidas por conta do karma. Em algum momento, em alguma vida, teria acontecido algo que justificaria o sofrimento pelo qual está passando nesta vida. Pelo menos é o que se prega, com diferentes nomes, por algumas religiões... Se existe mesmo essa coisa de karma, do ponto de vista religioso, acho uma perda de tempo discuti-lo. Em termos comportamentais, entretanto, não tenho dúvidas de que pagamos hoje pelo karma herdado de nossos pais. Tanto para o bem, quanto para o mal.

Puta merda! Melhor parar de pensar nessa história com a emoção, e pôr um pouco de razão nessa encruzilhada. Porque senão, ao invés de ajudá-la, vou é acabar chorando horrores com a Jana... Bom... Quem sabe é isso mesmo que ela mais precise de mim?

Tudo que mais quero é que ele morra!

- Oi, Janaína. Boa tarde, querida. Está se sentindo melhor?

- Oi, Verena. Obrigada por me encaixar. Precisava muito conversar com alguém. E você é sempre meu melhor alguém...

- Obrigada, linda! Mas me conta. Como passou de feriado, depois da notícia que recebeu semana retrasada?

- Ai, Verena. Acho que estou melhor. Porque pensei bastante, viu? E sei que Deus deu à minha anjinha o melhor que poderia ser dado a ela naquele momento. Ela sofreu demais neste mundo, mas teve um propósito. Sei que teve um por quê disso tudo. Mas ela cumpriu sua missão, e agora está descansando. Hora dessas, deve estar olhando a gente lá de cima. Porque ela passou por tudo o que passou pra mostrar pra mim o que é importante nesta vida. E agora sei que, se há uma coisa que não tem a menor importância, é essa vida de aparências que meu pai tenta manter, essa supervalorização de nosso sobrenome, como se ser um Montserrat fizesse dele o ser mais puro e honesto e honrado deste mundo. E só eu sei o quanto isso não passa de uma grande mentira!

Verena manteve-se em silêncio, esperando que Janaína prosseguisse. Mas ela não prosseguia. Manteve-se também em silêncio, muito embora sua expressão facial, o inquieto chacoalhar de suas pernas, o incontrolável abrir e fechar de suas mãos, tudo isso deixasse bem claro que tinha muito o que falar, muito o que desabafar, muito o que deixar fluir de seus pulmões, de sua boca.

Foram longos minutos de espera. Nenhuma palavra mais foi pronunciada. Mas o corpo dizia tudo o que Janaína não conseguia verbalizar, tudo que não era capaz de verter em palavras. Até que Verena não se conteve, e decidiu provocar o diálogo.

- O que você está sentindo neste exato momento, Janaína? O que você sente com respeito a seu pai? Como se sente ao pensar que você também é uma Montserrat, independentemente de como enxergue seu pai neste exato momento?

Janaína inspirou profunda e ruidosamente, enchendo seus pulmões de ar. Olhou para Verena e, lentamente, moveu seu olhar para o nada, talvez àquele facho de luz que vinha de um dos *spots LED* no teto daquela sala. Deixou o ar sair lentamente, respirou até quase não haver mais espaço em seu peito e começou a balbuciar algo incompreensível. E esse algo incompreensível foi ficando cada vez mais alto e claro. Até que conseguiu deixar sair. *"Tudo o que mais quero é que esse velho morra!"*, e então começou a chorar. Diferentemente daquela noite de quinta-feira, seu choro agora soava como um grito desesperado por liberdade, uma clara demonstração de alívio e felicidade por dizer algo que esteve ali, engasgado, por anos à fio. Muito provavelmente por mais tempo que os sete anos entre o início de sua gravidez e a morte de sua filha. Janaína sentia-se sufocada pelo peso de seu sobrenome, as aparências que seu pai insistia em sustentar e que cobrava dela o tempo todo, desde os tempos em que sua consciência permitia-lhe acessar. Aquele era o choro que vinha após seu "basta". Sua declaração de independência. Sua ruptura com a opressão que lhe manteve atada, engessada, ao longo de mais de um par de décadas. Janaína chorava de alegria. Porque a ela não lhe fora ensinado o sorrir.

Quando enfim parou de chorar, mas ainda com as mãos levemente trêmulas, pediu-lhe um lenço de papel, com o qual limpou cuidadosamente seu rosto. Tomou em mãos seu celular, usando sua câmera fotográfica como espelho para certificar-se de que suas lágrimas não haviam borrado sua maquiagem. Enxugou cuidadosamente seus olhos, limpando uma pequena mancha de rímel que escorreu pelo lado esquerdo de seu rosto. Levantou-se e, sem dizer uma única palavra, abraçou-a. Verena respeitou seu silêncio, retribuindo seu abraço e dando-lhe um beijo na bochecha. E ela então se foi, mas não sem dizer um quase inaudível "boa tarde" ao passar pela recepcionista da clínica. Triste, sim. Mas deixar de demonstrar um mínimo de bons modos, jamais.

Nem cinco minutos mais tarde, chegou à clínica um pacote endereçado a Verena. Como remetente, lia-se J. Montserrat.

- Um pacote para mim? Da Janaína? Olha só essa menina! Me preparou uma surpresa! Já tô indo aí... Ah, você vai trazer pra mim? Obrigada, querida! Você é um amor, viu?

Marcela entregou-lhe um envelope dos correios. Dentro, uma caixa retangular, mais ou menos do tamanho de um estojo de dominós, embrulhada em uma espécie de pergaminho bege-claro, com alguns carácteres em preto, escritos à mão, aparentemente com caneta-tinteiro. Chinês, provavelmente, dada a grafia dos ideogramas em formato de ossos. Hanzi, nome que se dá a um dos muitos conjuntos de ideogramas chineses, pode ser traduzido como "escrita oráculo em ossos".

Antes de abrir o pacote, Verena dedicou alguns minutos à busca pelo significado dos ideogramas.

美　　和平　　寧靜　　父親

- Olha só que bonitinha... Acho que aqui está escrito "beleza", e aqui "paz", e este aqui deve ser "tranquilidade"... E este último parece ser "pai", mas não faz muito sentido,

51

dentro do contexto das outras palavras. Mas quer saber? Não entendo nada de chinês mesmo, então devo estar traduzindo tudo errado, isso sim! E nem sei se é chinês mesmo! Vai que é japonês esse monte de letrinhas... Se for japonês, é uma ótima companhia para a bandeira que desenhei na minha cadeira... Acho que vou tirar uma foto e mandar no WhatsApp do Minoru pra ele traduzir pra mim mais tarde...

Desembrulhou cuidadosamente o pacote, tentando ao máximo preservar o pergaminho. Dentro, uma caixa de madeira, envolta em veludo verde-escuro. Um pequeno fecho dourado, que produziu um clique ao ser aberto. Em seu interior, a caixa era forrada com veludo vermelho, e em dois compartimentos paralelos, guardava um par de bolas chinesas terapêuticas. Verde-escuras, no mesmo tom do veludo da parte externa da caixa, e a silhueta de um dragão em vermelho, combinando com seu revestimento interior.

- Meu Deus do céu! Onde é que a Jana foi encontrar essas bolas chinesas? Exatamente iguais as que tenho em casa... Só não sei onde foram parar... Devem estar enfiadas em alguma daquelas caixas da última mudança, que acabei nunca abrindo...

Verena tomou as esferas em sua mão direita e começou a brincar com elas, um movimento rotatório impulsionado pelos seus dedos, as esferas massageando toda sua palma. Mas, diferentemente das tradicionais bolas chinesas terapêuticas, estas não produziam sons de sinos, e tampouco propiciavam a mesma sensação de esferas rodando em diferentes sentidos, como se seguissem uma órbita elíptica, em seus interiores. Parou o movimento circular e observou cuidadosamente uma das esferas. Chacoalhou-a próximo a seu ouvido direito. Nem um ruído sequer. Chacoalhou a outra, e pôde notar que algo parecia estar solto dentro daquela esfera.

- Devem estar quebradas... Que pena... Mas não direi nada a Jana, tadinha... Melhor guardar e levar pra casa. Mas não sem antes tirar uma foto e enviá-la via WhatsApp, acompanhada de uma nota de agradecimento. Preparou o texto, depois apagou-o. *"Vai que ela faz chamada de vídeo e pede pra ouvir o ressonar dos sinos..."*, pensou. E, quando retornava as bolas aos seus compartimentos no interior da caixa, notou uma fenda em uma delas. Comparou as duas esferas, e então se deu conta de que ambas estavam seccionadas, partidas ao meio. Guardou uma das esferas e examinou a outra, buscando uma forma de abri-la, permitindo-lhe acesso a seu interior. *"Talvez por isso que os sinos não soam..."*, e começou a girar a esfera superior em sentido anti-horário, até que conseguiu reparti-la em duas metades.

- Marcela. Chama a polícia, pelo amor de Deus. E me traz um copo d'água.

No interior da esfera, um globo ocular. Verde-claro. Verena não teve coragem de abrir a outra. Ficou ali, estática, aguardando a chegada da polícia.

♀   ♀   ♀

Perícia

- Bom. Como já lhe disse umas duzentas vezes. Veio o carteiro de sempre e deixou esse pacote aqui, junto com outras correspondências. Chamei a Verena pelo interfone e levei o pacote pra ela. Voltei aqui pra recepção e, não deu nem cinco minutos, ela me chamou de volta, quase sem voz, e pediu pra eu chamar a polícia. Daí vocês demoraram uma eternidade pra chegar, a Verena 'tava passando mal de verdade, chamei meu irmão que trabalha aqui perto e ele a levou pro atendimento emergencial do Einstein. Ela não fugiu de nada, ela só não esperou por vocês porque senão ia precisar chamar era o povo da funerária! A mulher quase morreu de susto, 'cês não 'tão entendendo não? E não, eu não encostei no pacote depois de aberto, e não quis ver nada que a Verena tenha visto. Só olhei de relance aquele olho esverdeado dentro daquela bola de ferro...

- Dona Marcela, a gente entende o estresse pelo qual vocês passaram, mas precisamos fazer as perguntas, e vamos repeti-las quantas vezes forem necessárias, *"taokei"*? Não viemos mais depressa porque não era caso de emergência...

- Não era caso de emergência? E o que é emergência então? Vocês tinham que ver a cara de espanto da coitada da Verena!

- Me desculpe, Dona Marcela, mas não tinha emergência alguma neste caso. Ninguém morreu, não há vítimas...

- Como não há vítimas, Deus do céu? E o dono desse olho aí, vai me dizer que o sujeito está vivo uma hora dessas?

- Provavelmente não, Dona Marcela...

- Mas para de me chamar de Dona, pel'amor!

- Tudo bem, Marcela. Tudo bem. O dono daquele olho seguramente morreu. Mas faz alguns dias. E muito provavelmente não foi por conta da remoção de seu globo ocular que o indivíduo veio a óbito. E, ainda que o fosse, não seria nossa responsabilidade investigar esse eventual crime, mas...

- Mas o quê? Se não é a polícia que investiga crime, quem é que faz isso então, criatura? O Chapolin Colorado? Puta merda! Além de querer dar armas pra população se defender, porque a polícia não consegue fazer nada mesmo, agora vamos ter que contratar investigador particular pra procurar assassino? Tá tudo perdido mesmo...

- Não, Dona Marcela. Não é nada disso. E poderia enquadrá-la por desacato a autoridade, e só não o faço porque vejo que está fora de si. O fato é que, para esse tipo de crime, se é que houve um crime, tem polícia especializada em crueldades contra animais.

- Animais?

- Sim, animais. Porque aqueles são olhos de um porco.

Marcela não tinha palavras. Fitou os olhos do policial por um instante, e então olhou para cima, soltando um *"puta que o pariu"* super sonoro, que chamou a atenção dos pacientes que esperavam por atendimento de outros profissionais da clínica.

- *"Me desculpa, me desculpa"* – Marcela se dirigiu aos clientes, percebendo a indignação de alguns deles, principalmente os que estavam acompanhados de crianças.

- Levaremos as provas para perícia, em busca de sinais que possam levar-nos ao responsável por este pacote. E precisamos conversar com a cliente da Dona Verena, Janaína Montserrat, em busca de maiores detalhes.

- Vocês acham que foi ela mesma quem enviou este pacote?

- Provavelmente não, mas não podemos descartar nenhuma hipótese neste momento.

- E por que alguém enviaria algo assim pra Verena?

- Talvez para intimidá-la, talvez como um aviso. Ainda é cedo para concluirmos sobre quem e por que fez isso, e por isso devemos seguir todas as possíveis linhas de investigação. E sobre a Dona Verena, precisamos colher o depoimento dela. Em respeito ao seu estado de saúde, não o faremos no hospital, mas pedimos a ela que se dirija o mais breve possível à DHPP, na Brigadeiro Tobias. Quer anotar o endereço?

- Não precisa não. Sei onde fica. Vou ligar pro meu irmão e pedir a ele que a leve pra lá quando saírem do Einstein.

O policial fez um breve aceno com a cabeça e saiu. Enquanto isso, Verena saía da sala de atendimento emergencial, aguardada por Marcel.

- E aí? Se sentindo melhor?

- Passou a batedeira, aquele mal-estar, mas agora estou com os braços parecendo peneiras, de tantos furos que me fizeram até achar minhas veias... Se me param numa blitz, vão achar que andei me picando...

- Pelos comentários sarcásticos, vejo que voltou a ser a Verena de antes do choque...

- Como assim? E desde quando o senhor sabe quem é a Verena?

- Digamos que costumo conversar com minha irmã...

- Marcela! Aquela fofoqueira!

- Ei, peraí! Fofoca é quando falam mal de alguém, quando inventam alguma barbaridade.... O que a Marcela me conta sobre você só me deixa super curioso para conhecê-la mais e mais...

Verena ficou sem palavras por um instante. Desviou o olhar e, num impulso, abraçou-o com força, a cabeça apoiada em seu peito. Levantando os olhos em direção aos dele, deixou escapar um *"agradecida por me acompanhar até aqui"* e voltou a apoiar a cabeça em seu peito. Mas ele veio e, sem a menor cerimônia, quebrou o encanto todo daquele momento.

- Vamos. Temos que ir à DHPP.

- O quê? E por que teríamos que ir à DHPP?

- Enquanto estava sendo atendida, a Marcela me ligou. Os policiais querem colher seu depoimento, e precisa ser hoje...

- Pronto. Agora, de vítima, passei a ser parte do grupo de suspeitos... Valha-me...

- Verena. Presta atenção. Ninguém está lhe acusando de nada. Precisam de detalhes para poderem seguir com as investigações. Eles só querem poder entrar na sua mente, no momento em que recebeu aquele pacote, e enxergar a cena toda com seus olhos. Não é isso que faz o tempo todo com suas pacientes? Olhar um determinado problema sob o olhar delas, e dos olhos para os cantos mais ocultos do cérebro, buscando por respostas que sempre estiveram lá, inacessíveis, esperando a ajuda de alguém que tenha tino investigativo nas veias? É isso que você faz bem. É isso que eles querem fazer através de você.

Verena estava pensativa. Não imaginava ouvir tamanha reflexão de um garoto como Marcel, que aparentava ter mais corpo e autoestima do que mente e empatia. Mas aquilo que saiu daqueles lábios, daquela boca, podia ser sentido com muito mais intensidade e prazer que um beijo profundo e demorado. Olhando fixamente em seus olhos, Verena suspirou e fez-lhe uma última pergunta, antes de seguirem ao estacionamento para buscarem o carro.

- Marcel. Me diz aí. Que espécie de anjo é você?

Meio que sem jeito, pego de surpresa pela pergunta inusitada, ainda assim foi capaz de buscar resposta a altura do elogio recebido.

- Não sou anjo nenhum, Verena. Sou apenas um espelho.

E o longo trajeto do Einstein à DHPP foi recheado de silêncio entre eles, e uma repetição das mesmas notícias de sempre na Rádio CBN.

♀　♀　♀

Porque a culpa nunca é dos outros

- Dona Verena, a senhora consegue pensar em alguém que teria interesse em intimidá-la?

- Não, absolutamente ninguém! Ainda mais usando o nome da Jana pra me enviar um pacote daqueles!

- Mas quem mais na clínica teria acesso ao endereço de sua paciente?

- Na clínica? Somente a recepcionista, acredito. Porque os outros profissionais precisariam da minha senha para acessar o prontuário de meus pacientes. Mas... espera um pouco! Ontem pela manhã o computador foi pra manutenção! Eles podem ter acessado o prontuário da Janaína! É isso!

- E a que horas o computador foi retirado para manutenção?

- Por volta de umas dez, onze da manhã...

- Isso não daria tempo a alguém para acessar os dados, planejar e executar o plano, postar o pacote na agência dos correios e a encomenda chegar ao seu endereço. Ainda mais pensando na velocidade de entrega dos correios...

- Isso é bem verdade... Mas e o Sedex 10?

- De fato, Dona Verena, a encomenda lhe foi enviada por Sedex 10, e postada de uma agência próxima à residência de sua paciente, Janaína Montserrat, às dez e meia da manhã de ontem. Uma vez mais, não podemos descartar nenhuma hipótese neste momento, mas essa envolvendo a assistência técnica do computador da clínica me parece bastante improvável. Quase que humanamente impossível, diria. A senhora tem certeza do horário de retirada do equipamento pelo técnico?

- Sim, com certeza foi perto do meio-dia...

- Mas a senhora acabou de dizer que foi entre dez e onze da manhã...

- Sim, eu disse isso, mas não pode ter sido não... Porque ontem perdi hora, e ainda peguei um engarrafamento dos diabos de casa até a clínica. Foi isso mesmo! Cheguei por lá já era quase meio-dia!

- Nesse caso, podemos tecnicamente descartar a hipótese de que o técnico de manutenção tenha algo a ver com o ocorrido. Mas iremos interrogá-lo mesmo assim, porque quanto mais pessoas pudermos interrogar, mais perto chegaremos das respostas para esse crime.

Verena suspirou profunda e ruidosamente.

- Mas, Dona Verena. A senhora consegue pensar em alguém que teria motivos para intimidá-la de tal forma, e ainda por cima utilizando dados de sua paciente?

- Não mesmo! Absolutamente ninguém cruza minha mente nessas circunstâncias...

- E a Janaína Montserrat? Haveria algum motivo para que ela lhe enviasse tal pacote? Iremos conversar com ela, mas é importante que reflita sobre essa possibilidade e eventuais fatores que poderiam motivá-la a cometer tal crime.

- A Janaína? Não... Ela não teria por que fazê-lo... Se fosse os olhos do pai dela, até poderia entender, porque ela está extremamente decepcionada com ele, tendo inclusive comentado que seria capaz de matá-lo! Óbvio que foi força de expressão, mas... Só que daí até enviar um pacote me dando um susto assim do nada, tem uma distância enorme...

- Dona Verena. A Janaína se encontra sob custódia.

- Mentira? Como assim, sob custódia? Vocês têm provas de que foi ela quem me mandou aquele pacote? Porque qualquer um que tenha o nome e o endereço dela poderia colocar aquela monstruosidade nos correios...

- O pai da Janaína Montserrat encontra-se desaparecido desde a noite de domingo.

- Mas... Não... Isso não faz o menor sentido! Como assim? Ela diz que está morrendo de raiva do pai, pede um encaixe para falar a respeito, vem e desabafa comigo, sai da clínica e dali há pouco chega um pacote para mim, ela como remetente, e um par de olhos de porco dentro de bolinhas terapêuticas? Nada disso faz sentido...

- Ou faz...

- Como assim, ou faz?

- Porque ela pode ter tido um acesso de fúria, assassinado o próprio pai enquanto estava fora de si, no domingo à noite, ocultado o corpo... E então pensou em contar-lhe sobre o feito, mas você não pôde atendê-la na manhã de segunda-feira. Então, confirmada a sessão para a manhã de hoje, foi até a agência dos correios e enviou-lhe um presente macabro...

- E por que cargas d'água ela me mandaria tal presente?

- Porque você é a terapeuta dela. E ela tem certeza absoluta que os problemas dela são todos por culpa daquele que ela chama de pai. Mas você, a terapeuta, tenta convencê-la de que os problemas dela são tão somente dela, e de ninguém mais. Então, ela resolveu dar um basta na fonte de todos seus problemas, e mostrar-lhe que ela, seguindo seus conselhos, conseguiu aniquilar seus traumas, por conta própria e à sua maneira. Ela se libertou de seus fantasmas, e o pacote foi sua forma de agradecê-la pela ajuda.

Verena não tinha mais argumentos. Seguiu em silêncio, olhando para o nada, visualizando em sua mente aquele globo ocular esverdeado, pensando que poderia ser não de um porco, o animal, mas de outro porco, muito mais merecedor de tal definição. O porco do Senhor Montserrat, pai de Janaína.

- Mas e a agência dos correios? Eles não têm câmera de segurança? Deve ter como ver quem postou o pacote, não é mesmo?

- Dona Verena, já estamos trabalhando nesse sentido.

- Não, porque seria muito mais fácil buscar as imagens da câmera de segurança dos correios e identificar o responsável por essa barbaridade...

- Dona Verena. Estamos trabalhando nisso. Mas temos que dar sequência em outras frentes de trabalho. Assim, podemos continuar nossa conversa?

Verena acenou positivamente, e seguiram-se assim os questionamentos. Após longas horas, e terminado seu depoimento, Verena foi finalmente liberada. Marcel a aguardava, pacientemente, no desconfortável banco de madeira na recepção daquele prédio. Seu passatempo? Observar os tipos que por ali passaram ao longo daquela infindável tarde. Eram desde seres assustadores, que na concepção de Marcel poderiam ser cruéis assassinos em série, até mauricinhos e patricinhas que poderiam ter tudo na vida, empacotado em uma existência vazia, mas que resolveram sair em busca de aventuras além daquelas permitidas por lei. Nem uma máquina de café que fosse. Nem uma vending machine de refrigerantes e salgadinhos. Apenas a movimentação de seres dos mais distintos, as idas e vindas àquele prédio que era capaz de apavorar muito mais que o semblante de seus visitantes.

- Podemos finalmente ir embora para casa?

- Você poderia me dar uma carona até o escritório? De lá pego meu carro e volto dirigindo até meu apartamento.

- E você acha mesmo que vou deixar você dirigir, depois desse dia exaustivo? De jeito nenhum!

- Olha, Marcel. Eu agradeço muito sua ajuda, mas prefiro pegar meu carro e voltar pro meu apartamento. Já lhe dei muito trabalho pra um dia só...

- E por isso mesmo acho que deveria retribuir meu esforço com uma pizza e uma taça de vinho. No seu apartamento ou no meu?

Verena pensou por alguns segundos. E então um beijo. E não pensou em nada mais. Apenas foi e deixou-se ir.

♀   ♀   ♀

Coincidências da vida

Semanas se passaram desde aquela fatídica terça-feira. Janaína Montserrat encontrava-se livre, após cumprir dez dias de prisão temporária. Seu pai seguia desaparecido. As investigações prosseguiam, mas nenhuma indicação de possíveis culpados fora apresentada. A polícia seguia seus trabalhos, em silêncio, apesar da forte pressão da imprensa. Afinal de contas, o caso envolvia ninguém menos que um Montserrat.

Verena estava de volta à clínica. Aquela noite com Marcel seguia em sigilo. Verena achou melhor assim, e assim consentiu Marcel.

Na tarde daquela quinta-feira, recebia a visita de Lorena, após um longo intervalo, em partes forçado pelos incidentes daquela semana após o feriado, em partes por conta da agenda apertada de sua paciente.

- Verena, estou chocada! Essa coisa de traição parece me assombrar por todos os lados! Não bastasse meu pai, e os ciúmes que sinto de meu marido, agora vem meu melhor amigo do trabalho e enfia o pé na jaca. Assim, com vontade mesmo! Sem dó! Sem a menor cerimônia! Cara de pau do cacete...

- Mas me conta! O que aconteceu?

- Você acredita que o maldito do Jairo, que sempre se fez de bom moço, religioso, que leva a família à igreja nas manhãs de domingo... Você acredita que ele deu em cima de uma gringa que veio pra cá pra uma reunião do time global de RH?

Verena manteve-se em silêncio, incentivando a continuidade da história.

- Então. Foi assim. Teve uma reunião global de RH no nosso escritório aqui de São Paulo. Cada ano eles fazem em um país diferente. Daí que vieram da matriz a Diretora Global de RH e uma gerente sei lá do quê... Acho que RH pra área de vendas, se não me engano. Ah, é isso mesmo, vendas! E não é que teve um happy hour e o canalha do Jairo foi cantar a tal da gerente? E só não foi pro quarto de hotel com ela porque era seu dia de buscar a filha na escola! Puta que pariu! Fiquei possessa com essa história, você não faz ideia! E ainda teve a pachorra de falar pra garota que não era mais casado, que tinham apenas a filha em comum, e que era só isso. Um puta d'um mentiroso do caralho! Mas quer saber? Não fiquei quieta não... Fui lá e dei um toque pra Diretora Global, que por um acaso já foi minha chefe, e ela foi e falou com a tal gerente. Deram um basta por ali. E o sacana do Jairo nem sabe de onde veio esse corte. Veio daqui, ó! De mim mesma! Joguei um balde d'água fria nos planos do desgraçado! Porque já basta meu pai de homem sem-vergonha nesse mundo...

Verena aguardou alguns segundo e, notando que Lorena havia terminado seu desabafo, resolveu intervir com alguns questionamentos.

- Mas Lorena. Quem você estava atacando? O seu colega de trabalho, ou seu pai? E em nome de quem você estava agindo? De sua mãe, da esposa de seu amigo, da filha dele, que se decepcionaria ao saber da má índole do pai dela, ou da pequena Lorena, que servia de desculpa para que seu pai cometesse adultério?

Lorena permaneceu em silêncio. Parecia não esperar tal pergunta vindo de sua terapeuta. Procurava alguém com quem desabafar, não alguém para trazer-lhe mais e mais questionamentos sobre o ocorrido. Aquela pergunta fez Lorena encontrar-se novamente perdida, justo quando acreditava ter resolvido seus problemas ao fazer justiça tardia, tirando um colega de trabalho daquele caminho tortuoso antes trilhado por seu pai, fato esse que lhe atormentava desde sua infância.

- Tá bem. Entendi. Não tinha nada que me meter nessa história, não é mesmo?

- Lorena. Não estou aqui para dizer se deveria ou não se meter nessa história. Estou aqui apenas para perguntar-lhe se aquilo que fez, o fez por entender ser o certo, ou se tudo foi uma forma indireta de atingir seu pai e o comportamento dele que tanto lhe incomodou ao longo de sua vida?

- Não sei, Verena. Não sei mesmo. Mas esse caso do Jairo só me mostrou aquilo que sempre soube. Se um homem quer fazer algo errado, ele vai e dá um jeito! É sempre muito mais fácil pra eles! Porque sempre tem reunião de negócios, viagem a trabalho, projeto com prazo apertado que precisa daquela esticada até mais tarde... O mundo corporativo foi desenhado pra facilitar as puladas de cerca dos homens, percebe?

"O mundo corporativo precisa de mais diversidade, isso sim...", pensou Verena, seguindo com outra pergunta para autorreflexão.

- Percebo, Lorena, percebo. Mas me diz uma coisa. Se o Lucas quiser lhe trair, você tem como evitar isso?

- Não. Acho que não. Mas prefiro que ele me diga, ao invés de acabar descobrindo de outra forma. Odeio a sensação de estar sendo enganada, como meu pai enganou minha mãe por décadas a fio...

- E se, por um acaso, seu marido pensar em lhe trair e, antes de consumar o ato, ele venha e fale contigo a respeito dos desejos dele. Você aceitaria a traição?

- Claro que não! De forma alguma!

- Então, o que muda entre o saber e o não saber? O ser enganada ou seu marido ter a dignidade de dizer-lhe que não quer mais nada, pois existe uma outra na mente dele?

- Não muda nada! Porque, se tem outra mulher na mente dele, é porque já estava me traindo em pensamento, imaginando toda uma vida que poderia ter ao lado dela, todos os prazeres que ela, não eu, poderia lhe proporcionar... Jamais perdoaria o Lucas se viesse com uma palhaçada dessas pro meu lado!

- Então pra quê se preocupar? Sei que não é tão fácil assim de se fazer, mas pense comigo. Se ficar o tempo todo procurando evidências de que Lucas lhe trai, e ele nunca lhe trair, você terá sofrido por antecipação, pela incerteza, pela dúvida, pela constante desconfiança naquele com o qual divide sua vida. Mas se deixar de buscar evidências de uma traição, e tais evidências um dia explodirem na sua cara, você provavelmente não aceitará o fato e se separará de seu marido, não é mesmo? O sofrimento estará lá, mas será uma única e dolorida pancada na cabeça, ao invés de recorrentes pancadas diárias, autoinflingidas, por conta de sua incessante busca pela verdade que, talvez, não passe de pensamentos obsessivos em sua mente. E então, quanto quer sofrer, com qual intensidade e com qual frequência e duração?

- Verena, me desculpe, mas não é tão fácil quanto parece nos seus livros de psicologia...

- E não é fácil mesmo! Mas chega uma hora que é preciso escolher. Decidir o quanto queremos sofrer, e o quanto queremos ser felizes. O quanto podemos controlar, e o quanto escapa de nossa capacidade humana e limitada de gerenciar cada milissegundo de tudo e todos ao nosso redor. Chega uma hora que precisamos escolher entre o sofrimento contínuo de tentar fazer mais do que somos humanamente capazes, ou aceitar que frustrações poderão nos acertar em cheio de tempos em tempos, e sermos o mais felizes que possamos ser, enquanto esses dias fatídicos não chegam. E talvez nunca cheguem, não é mesmo?

- *"O que os olhos não veem, o coração não sente"*... É isso que está tentando me dizer?

- De forma simplificada, sim. Mas e se o ditado fosse *"o que a mente obsessiva enxerga, o coração sente, o corpo sente..."*, mas talvez nada disso sequer exista fora de nossas perturbadoras fantasias?

- Mas e tudo o que vi acontecendo na minha infância? Tudo que vi meu pai fazendo, desrespeitando minha mãe, me usando para justificar seus encontros sexuais? E minha mãe, cujos olhos nada viam, acabou não apenas cega, mas também surda. Seletivamente surda. Porque, ainda que tenha testemunhado as traições de meu pai e contado tudo pra ela, a cega da minha mãe não quis aceitar a verdade, e seguiu iludindo sua mente com a imagem de um marido santo e incondicionalmente fiel...

- Lorena. A ilusão construída pela sua mãe parece-me tão obsessiva quanto sua busca por evidências de uma traição que talvez nem exista! O Lucas não é seu pai! E você não é sua mãe, cada qual operando em espectros opostos de pensamentos obsessivos! Você consegue perceber as diferenças e semelhanças entre vocês, não consegue?

Lorena abaixou a cabeça e começou a refletir sobre tudo o que havia escutado. Verena respeitou o silêncio por um longo minuto, talvez dois, e então percebeu que era o momento de racionalizar as emoções e buscar um plano de ação.

- Lorena. Qual é o gatilho para suas crises de ciúmes? Você conseguiria pensar sobre quais eventos, em quais momentos, em quais lugares, tais pensamentos ganham espaço em seu coração e mente?

- Não sei, Verena. Não sei... Parece que tudo é gatilho... Uma notificação de mensagem no WhatsApp... O Lucas trocando mensagens com alguém no Direct... Ele saindo de perto de mim para atender ao telefone... Quando tem que trabalhar até tarde... Quando vai viajar à trabalho sem ter me avisado com antecedência... Parece que tudo é motivo!

- E o que você sente quando isso acontece?

- Meu coração palpita mais forte. Fico pensando que preciso pegar o celular dele, ver o histórico de chamadas, ver o que e com quem anda trocando mensagens, e qual o conteúdo... Se tem algum app escondido em algum canto do celular, tipo Tinder ou qualquer mídia social na qual não tenha conta, dando-lhe maior liberdade para falar com quem bem entender, sem que tenha minha presença para bisbilhotar suas aventuras digitais...

- E você já chegou ao ponto de realmente fazer isso? Você já pegou o celular dele, foi verificar todas essas questões que se reproduzem livremente pela sua mente?

- Não! Nunca fiz isso! Mas já tentei... Não sei a senha do celular dele, mas já tentei esperar aquele momento mágico em que ele largaria seu celular destravado e sairia para fazer alguma coisa... Mas esse momento mágico nunca durou mais que alguns poucos segundos... Então nunca tive tempo para investigar tudo aquilo que tenho vontade...

- E por que você não pede a ele que lhe mostre o conteúdo de seu celular, o histórico de chamadas, quem está na lista de contatos...?

- Jamais! Isso seria o fim de nós dois! Ele nunca aceitaria tal intervenção de minha parte...

- Bom. Você quer fazer algo, mas não tem como fazê-lo. Não tem condições de pedir-lhe para que te mostre o conteúdo de seu celular, porque isso abalaria a relação. Mas acredita que teria tempo de fazê-lo, no momento certo, naquele momento mágico... mas e se ele chegasse e visse você mexendo no celular dele, sem autorização? Não seria igualmente traumático para a estabilidade da relação de vocês dois? Qual seria a diferença entre pedir para ver e ser pega vendo sem permissão?

Lorena manteve-se em silêncio.

- Agora, digamos que o tal momento mágico um dia aconteça. E que você tenha todo o tempo do mundo para verificar tudo o que deseja verificar no celular de seu marido. E não encontre absolutamente nada de errado por lá. Isso faria com que nunca mais desejasse olhar novamente, só para certificar-se que aquilo que estava tudo bem, continua estando bem?

Mais silêncio.

- Ou então, digamos que encontre, nos contatos, o nome de uma mulher que nunca ouviu falar. E que houve uma chamada entre seu marido e essa mulher misteriosa na noite anterior. E há dois dias atrás. E três. Todas as noites, por volta do mesmo horário, ao longo dos últimos dois meses. Toda santa noite, de segunda a sexta-feira, no mesmo horário, a duração das chamadas sempre ao redor de 45 minutos. O que você faria com essa informação?

- Eu iria perguntar para ele quem é a tal mulher, com certeza!

- Mas, nesse caso, ele saberia que você andou mexendo no telefone dele... Não seria o fim do relacionamento de vocês?

- Ah, mas já seria de qualquer forma mesmo! Porque teria as evidências de uma traição nas minhas mãos!

- Talvez sim, talvez não. E se a tal mulher misteriosa fosse uma terapeuta de casais, com a qual Lucas tenta trabalhar o fato de ter constante vigilância de sua esposa, e o que fazer para que isso não atrapalhe o relacionamento de vocês?

- O Lucas anda te ligando, Verena? É isso?

- Não! Estou apenas criando cenários hipotéticos, Lorena! Veja. O pensamento obsessivo que pode levá-la a descobrir uma traição, é o mesmo que pode pôr um ponto final no relacionamento entre vocês, porque aí será ele, Lucas, sentindo-se invadido, a dúvida sobre você um dia voltar a confiar nele ou não...

Mais silêncio.

- Lorena. Você precisa refletir sobre esta nossa conversa. Tomar consciência de seus pensamentos obsessivos. Pensar nas consequências de cada impulso, ou no mal que causa a si mesmo ao absorver e conviver com a negatividade de tais pensamentos. E então colocá-los para dormir, sempre que resolverem despertar em sua mente.

Você precisa tomar o controle de seus sentimentos, ao invés de permitir que dominem cada célula de seu corpo, cada hormônio, cada palpitar de seu coração.

- Mas, e se ele estiver me traindo?

- Isso é um problema dele! E você não tem controle sobre os atos de seu marido. Vocês não passam 24 horas por dia juntos. Então, ou você confia nele naqueles momentos em que não se encontram lado a lado, ou termina esse relacionamento. O problema com a segunda opção é que seus pensamentos obsessivos são seus, não de seu parceiro. E eles seguirão contigo, não importando quem esteja ao seu lado. Cabe a você silenciar a voz de tais pensamentos. Apenas a você. Posso ajudar, mas não posso extirpá-los de seu coração. Você me entende, Lorena?

- *"Sim, Verena. Entendo."* – a voz embargada, aproximando-se de um choro.

- Lorena, meu bem. Precisamos encerrar por hoje. Mas espero realmente que reflita sobre nossa conversa. Estamos chegando a um momento crucial. Um momento de escolhas. E estou aqui para lhe ajudar a tomar as decisões que serão as melhores para você mesma. Mas não posso decidir por você. Preciso que reflita sobre tudo o que conversamos, e então conversaremos de novo, e de novo, e uma vez mais, até que esteja segura para tomar as rédeas de sua vida, de seus sentimentos e pensamentos. E estarei aqui, você sabe disso. Então não espere até a próxima visita. Me ligue sempre que precisar, está bem?

E foi então que Lorena desabou em lágrimas.

Verena a acompanhou até a recepção. Se despediram com um abraço longo e apertado, Verena sussurrando-lhe palavras de apoio, retribuídas com um beijo na bochecha e um olhar de agradecimento, as lágrimas ainda escorrendo pelo canto dos olhos. Um último "até logo" e Verena voltou para seu consultório, não sem antes tomar em mãos um copo plástico com um pouco de chá. Morno. Nada novo nesse fato. *"Por isso nunca tomo café aqui na clínica..."*, pensou.

Mal aconchegou-se em sua cadeira – ainda com aquela pequena "bandeira do Japão" estampada em seu assento – e tocou o interfone.

- Olá, meu amor! Já chegou a próxima paciente?

- Não Verena. Chegou um pacote. Sedex 10. Remetente não identificado. Chamo a polícia já ou agora mesmo?

♀   ♀   ♀

Surpresa!

- Fez muito bem em nos chamar, Marcela. Qualquer pista que nos leve ao responsável pelo desaparecimento do Senhor Montserrat e uma eventual conexão com aquele pacote enviado à Dona Verena será sempre bem-vinda.

- Mas não podemos ficar tomando o tempo de vocês, cada vez que chegar um pacote aqui que nos pareça suspeito...

- Podem sim, Marcela. Podem e devem. Porque, desta vez, era apenas um presente para a Dona Verena, mas poderia ter sido mais um daqueles pacotes macabros... O fato de o remetente não ter se identificado no envelope externo foi motivo suficiente para que desconfiassem de seu conteúdo. Diria que foi mero esquecimento, já que o remetente – é seu irmão, não é mesmo? Então... Ele se identifica no cartão que acompanha o colar. Acho que você e a Dona Verena podem perguntar diretamente pra ele o porquê de ter deixado o campo de remetente em branco... Porque essa não é uma pergunta que seja de nosso interesse...

"Talvez porque ele não quisesse que eu soubesse que o presente veio dele..." – pensou. Até então, Marcela não tinha conhecimento da proximidade entre Marcel e Verena.

- E vocês têm alguma novidade sobre as imagens da agência dos correios?

- Sim, obtivemos acesso às imagens e seguimos trabalhando nisso.

- Mas conseguiram identificar quem postou o pacote?

- Sim, Marcela. Identificamos o responsável pela postagem do pacote. Mas não tivemos a chance de interrogá-lo.

- Então temos um suspeito! Isso é fantástico!

- Mais ou menos...

- Como assim, mais ou menos? Se identificaram quem postou o pacote... Não estaria tal pessoa por trás do desaparecimento do pai da Janaína?

- Marcela. Tudo que posso lhe dizer é "provavelmente não".

- Mas por que não?

- Marcela. Não deveria compartilhar detalhes da investigação contigo. Mas posso afirmar-lhe que o garoto que identificamos nas imagens não deve ter relação direta com o caso.

Marcela seguia com aquela cara de interrogação, de quem não vai se contentar com respostas rasas como aquelas dadas pelo policial.

- O garoto trabalhava para o escritório de advocacia do Doutor Montserrat. Sua rotina de trabalho incluía visitas diárias àquela agência dos correios. Junto com o pacote enviado à Dona Verena, carregava também algumas cartas de cunho comercial. Ao deixar a agência, deveria ter retornado ao escritório. Não retornou. Nem ao escritório, nem à sua casa. Foi encontrado morto, dias depois, na região da Cracolândia, sentado ao lado de uma caçamba de material de demolição. Overdose de cocaína. A autópsia demonstra haver consumido crack também. Não havia relatos anteriores de dependência química, e a causa de sua morte foi recebida com surpresa por familiares, amigos e colegas de trabalho. Estamos investigando as condições que o levaram à morte por overdose, mas é quase impossível colher depoimento dos frequentadores daquela região. Ou não querem falar, ou não se encontram em mínimas condições de consciência para que seus depoimentos possam levar-nos a qualquer pista que ajude na investigação.

Alguns minutos mais, e os policiais deixaram a clínica. Foi então que Marcela dirigiu-se à sala de Verena.

- Que lindo esse colar que meu irmão mandou pra você, hein, Verena? – o tom e o olhar deixavam claro que Marcela não estava nem um pouco feliz pela acidental descoberta de algo entre os dois.

- Verdade, não? O Marcel tem muito bom gosto mesmo... – Verena respondeu, de forma espontânea, como se não tivesse notado o tom inquisitivo do comentário.

- Não sabia que meu irmão e você eram assim tão íntimos...

- Como assim, "tão" íntimos?

- Ué! Olha o presente que te mandou! E esse cartão então? *"... ao olhar no seu rosto, vejo um anjo; mas, uma vez tendo-a nos braços, entrego-me às tentações que só os demônios provocam..."* O que está rolando entre vocês, hein?

- Marcela, devia ter conversado contigo antes...

- Devia? Claro que devia! Você está de caso com meu irmão! Meu irmão!

- Marcela, calma! Somos adultas, e o Marcel tampouco é o bebezinho que pode parecer pra você... Temos todos o direito de viver nossas vidas como melhor nos convier, não é mesmo?

- Verena, óbvio que somos três adultos... Não é esse o ponto. Por que mantiveram a relação de vocês em sigilo? Qual o motivo pra todo esse segredo?

- Não é o caso de segredo, Marcela... É apenas uma questão de certezas... Estamos nos conhecendo, não queremos nenhum tipo de pressão social para que nossa relação dê certo, queremos a liberdade de decidir por nós mesmos. Só isso, nada além disso. Você me entende?

Marcela aparentava estar mais calma. Manteve-se em silêncio por alguns segundos, o olhar fixo nos olhos dela, e então seguiu ao seu encontro e uniram-se em um abraço.

- Estou tão feliz por vocês dois... - sussurrou Marcela.

- E é exatamente isso que queríamos evitar... - retrucou.

- Verena. Pode ficar tranquila. Não vou ficar pressionando vocês por nada. Vou respeitar a opção de vocês. Quando se sentirem à vontade, virão a público e anunciarão a relação.

Uma pequena pausa e mais um abraço, cheio de alegria.

- Ai, que surpresa mais gostosa!

Marcela estava extasiada. Mal podia conter-se em si. Já Verena... Não parava de pensar na besteira que Marcel acabara de fazer, mandando aquele pacote para a clínica, quando poderia muito bem tê-lo enviado ao apartamento dela.

♀ ♀ ♀

Jantar às escuras

- Marcel, seu irresponsável! Por que foi me mandar aquele pacote lá pra clínica?

Verena recebeu-o à porta de seu apartamento não com um abraço ou um beijo, mas com a cara fechada e a pergunta disparada sem maiores rodeios.

- Ei, ei, ei! Boa noite, né?

- Boa noite, nada! Agora sua irmã sabe sobre a gente e não vai me dar sossego! Precisava mesmo?

- Verena, relaxa... Claro que não precisava. Mas também não foi por mal. Foi vacilo da minha parte, concordo... mas me diz que não gostou da surpresa?

Marcel a olhava com cara de dó, igual filhote pedindo carinho. Ela não resistiu à tentação e logo deu-lhe um abraço apertado, falando-lhe ao ouvido: *"É lógico que amei, seu tonto..."* – e dali seguiu-se um beijo demorado.

- Mas olha! Antes que enxergue o demônio que reside em seus olhos..

Silêncio. Olhares fixos. A boca seca, sedenta. Outro beijo.

- Como ia dizendo... Bom... Acho melhor nos apressarmos e deixarmos os segredos guardados em seus olhos para mais tarde, senão acabaremos perdendo a reserva...

- Reserva? Que reserva?

- Surpresa, Verena... Surpresa... Mais uma surpresa... Ou você acha que ia ficar apenas no colar e no bilhete?

81

Verena beijou-o uma terceira vez, correu para dentro do apartamento, tomou um casaco pelas mãos e desceram até o carro dela.

- Agora você vira aqui à esquerda... Pode dar seta pra esquerda de novo... Agora... Aqui! Pronto! Chegamos!

- Como assim, chegamos? Cê tá de brincadeira, né Marcel? Aqui é uma barbearia!

- Exatamente! – e Marcel rapidamente tirou a chave do contato e desceu do carro, entregando-a a um manobrista vestindo fraque e chapéu pretos com detalhes em cetim. À Verena, sentada ao volante de um carro com motor desligado e sem a chave, não lhe restou outra opção senão descer, a porta aberta por um jovem atraente, vestindo macacão jeans, camiseta branca com as mangas enroladas, deixando à mostra cada detalhe intrigante de suas *sleeve tattoos*. Uma super bem cuidada e longa barba ruiva e muito, mas muito gel no seu enorme e alto topete, contrastando com as laterais quase que raspadas de sua cabeça. Recebeu-a com a mão direita estendida e um suave, porém másculo, *"seja bem-vinda, madame"*, pronunciado de forma desconfortavelmente agradável a seus ouvidos.

As portas da barbearia se abriram e entraram, Verena e Marcel, braços dados. Nada diferente de uma típica barbearia hipster. Clientes em suas cadeiras em couro vermelho, outros no banco de espera. Alguns liam jornais ou revistas, enquanto aguardavam sua vez de serem atendidos, saboreando uma gelada em copo americano ou uma dose de cachaça de alambique. Outros, num canto mais ao fundo, assistiam uma partida de rugby numa tela de alta definição, embutida no corpo de um antigo televisor de tubo. Ouvia-se Motörhead. Um dos barbeiros, sem dizer uma única palavra, indicou-lhes uma passagem ao fundo do salão, sem portas, cuja visão era interrompida por meio de uma cortina de tiras de plásticos coloridos que pendia desde um trilho afixado ao batente de madeira, como aquelas de casas antigas de algum vilarejo no coração do Brasil. Marcel avançou primeiro, puxando-a logo em seguida pelos braços, como quem diz *"pode vir, é seguro"*.

Uma pequena sala escura, as paredes pintadas de preto, uma única luz negra indicava a passagem para o próximo cômodo. Ao invés de uma porta, ou então outra cortina colorida, um par de pesadas folhas em lona preta. Dois ou três passos adiante, outro par de folhas. E mais outro logo adiante. Aquele estreito corredor, logo após um quarto escuro, e as três cortinas em lona, transformavam o cômodo no qual finalmente chegaram em um local totalmente desprovido de luz. Não era possível enxergar absolutamente nada.

- Marcel... Que brincadeira é essa, Marcel? Não estou gostando nada disso...

- Não se preocupe, senhora. Estão completamente seguros aqui. Este cavalheiro, Marcel, consta em nossa lista de reservas para o jantar.

- Quem é você? E que brincadeira é essa, Marcel? Me tira daqui agora, Marcel! Agora! Você me entendeu, Marcel?

- Calma, minha senhora. O senhor Marcel reservou mesa para dois em nosso Jantar às Escuras. Mas, antes que prossigam, peço que me entreguem seus celulares, e quaisquer outros aparelhos que produzam luz. É terminantemente proibido prosseguir se não cumprirem esta regra.

- Pronto! Já sei como saio daqui! Não vou entregar é nada! E vou pegar aqui meu celular na bolsa e acender a lanterna...

- Marcela. Calma, Marcela. Não faça isso, pelo amor de Deus! Apenas entrega seu celular ao maître...

- Maître?

- Sim, Marcela. Maître. Devia ter-lhe explicado tudo, mas achei mais legal manter a surpresa. Este é o Jantar às Escuras. Acontece sempre em um lugar diferente, alternativo. Cardápio surpresa, assim como a temática...

- E a surpresa que reservamos para esta noite é uma experiência sensorial da qual nunca mais irão se esquecer, posso garantir-lhes. Nossa equipe de serviço de mesa é composta exclusivamente por portadores de deficiência visual. Cegos, como dizem por aí. Eu, seu maître para esta noite, também sou desprovido do sentido da visão. Mas sabe o quê? Quando alguém não é capaz de enxergar...

- ... desenvolve outros sentidos como forma de compensação, não é mesmo? Prazer, Verena Pacelli, psicoterapeuta.

- Ótimo! Vejo que já está mais tranquila. Sinto-me feliz pela senhora, madame. Mas, como ia dizendo, a perda da visão estimula o desenvolvimento de todos os outros sentidos. Audição, olfato, paladar, tato... Tudo fica mais aguçado, todos os mínimos sons podem ser ouvidos e até mesmo sentidos, alimentos ganham novos sabores, novos aromas, novas texturas... É exatamente isso que queremos proporcionar ao casal nesta noite especial. Sintam-se bem-vindos ao meu mundo! Um iluminado mundo de amabilíssima escuridão.

Verena apertou firmemente a mão esquerda de Marcel, como se agradecesse a oportunidade a ela concedida.

- Mas antes de prosseguirmos, preciso fazer duas perguntas. Primeiramente, alguma restrição alimentar?

- Tirando pimenta em excesso, não tenho problema algum...

- Sou alérgico a frutos do mar...

- Marcel, não sabia disso!

- Pois é...

- Perfeito. Não incluímos frutos do mar no cardápio desta noite. Procuramos evitar alimentos comumente associados a alergias, bem como aqueles que se tornariam um grande desafio se ingeridos no escuro... Conseguem imaginar como seria comer uma lagosta sem poder vê-la? Segundo, e não menos importante, gostaríamos de oferecer um serviço de motorista para levá-los de volta às suas casas após o jantar. Nosso menu inclui harmonização com vinhos, e não poderemos servi-los sem que aceitem nossa oferta. Seu veículo será guiado por um motorista profissional, com cobertura total de seguros. Aceitam nossa oferta?

- Bom... O que a gente não faz por um bom vinho, né?

Verena se encontrava totalmente à vontade com a situação, a mente aberta à experiência que vivenciaria naquela noite, ao lado de Marcel. Queria dizer-lhe tudo que sentia, mas achou melhor guardar para si. Aquele não era o momento para beijos e declarações de amor. Até porque não queria correr o risco de debruçar-se sobre a comida ou derrubar uma taça de vinho por conta de um beijo... O contato pele-a-pele, assim como palavras, podia muito bem esperar.

Seguindo em fila indiana, a mão direita dela sobre o ombro do maître e a de Marcel sobre o ombro dela, chegaram à mesa. Usando as mãos para localizar suas cadeiras, sentaram-se cuidadosamente. A sensação era de que não encontrariam o assento e acabariam no chão. Se bem que, além do som, ninguém poderia presenciar quem caiu, e como exatamente foi o tombo. Mas nada disso realmente aconteceu, e estavam então os dois à mesa, um de frente ao outro.

- Senhor Marcel, Senhora Verena. O casal se encontra sentado um de frente ao outro, uma mesa quadrada de um metro de largura os separa neste exato momento. Peço que coloquem as mãos lentamente sobre a borda da mesa, próximo aos seus corpos, mantendo os braços paralelos, respeitando a largura de seus troncos. Agora, avancem lentamente as mãos sobre a mesa, até encontrarem seus talheres. A disposição é clássica, facas à direita, garfos à esquerda, colheres à frente dos pratos. Talheres menores para fora, talheres para o prato principal para dentro. O que se encontra ao centro não é um prato, mas um suplait. O jantar seguirá em serviço francês. Se moverem lentamente seus braços esquerdos à frente e ao lado, encontrarão um pequeno prato e garfo para pães e manteiga. Esta será servida em um pequeno pote de porcelana, disposto sobre o prato para pães. Agora avancem seus braços esquerdos à frente, bem lentamente. Encontrarão duas taças, uma menor para vinho branco, outra maior para vinho tinto. Movam suas mãos cerca de um palmo à direita e encontrarão um copo pequeno, base arredondada, para água. Não se sirvam de bebidas por conta própria, isso ficará por conta do garçom que atenderá a mesa. Para chamá-lo, apertem o botão que fica na parte inferior da mesa, logo à frente de cada um de vocês. Tracem uma linha imaginária conectando seus corações à mesa e encontrarão o botão ao qual me refiro. Essa é a conexão que queremos criar com nossos amados clientes, uma conexão de coração para coração... E antes que me esqueça, o garçom em serviço esta noite é o Gutierrez, e eu me chamo Valverde. Espero que tenham uma ótima experiência e um excelente jantar. Alguma pergunta?

A conversa fluía com alguma dificuldade entre os dois. O silêncio, a escuridão, o não saber exatamente o que está se passando ao redor, a vontade de tocar um ao outro e a insegurança por trás do tocar o que não se pode ver... Os primeiros minutos naquela escuridão absoluta não poderiam ser classificados de outra forma, senão incômodos. Até que Gutierrez veio lhes salvar.

- Boa noite ao casal. Meu nome é Gutierrez e estarei à sua disposição esta noite. Se me permitem, gostaria de oferecer-lhes pão, manteiga, um copo d'água e um pequeno aperitivo, antes de iniciar o menu desta noite. Recomendo cortarem um pequeno pedaço de pão com as mãos e adicionar-lhe uma pequena quantidade de manteiga. Um gole d'água, o pão levado a boca. Sintam a textura diferenciada, a maciez do miolo, combinada a sua casca crocante. Permitam-se escutar o craquelar ao mastigá-lo. Tentem descobrir que tipo de pão é esse, e tenho absoluta certeza que já o provaram antes. Mas tenho ainda mais certeza que nunca provaram esse tipo de pão com as notas e os sabores que encontrarão aqui. Ao terminarem a degustação do primeiro pedaço de pão, sugiro que busquem, à sua direita, um dos dois pequenos copos de vidro. Peguem o que se encontra mais próximo de vocês. Sugiro que bebam de uma única vez, como quem toma um shot de tequila. Pensem nas sensações que a bebida lhes proporciona. Então, um gole d'água para limpar o palato e voltem ao pão. A partir daí, deem-se a liberdade de escolher quanto de manteiga querem, se muito mais ou absolutamente nada. A escolha é unicamente de vocês. Voltem ao segundo copo com aperitivo e bebam em pequenos goles. Sintam a diferença entre a primeira e a segunda experiência. Conversem sobre isso. Tentem adivinhar que bebida é essa. Diferentemente do pão, acho pouco provável que já tenham tomado algo parecido. Mas não se preocupem. A graduação alcoólica não é elevada, e os ingredientes não são nada exóticos. Apenas a bebida é pouco comum.

Um pequeno silêncio em busca de alguma pergunta. Na ausência, Gutierrez seguiu com um *"até logo mais"* e deixou o casal a sós, na escuridão daquela sala.

- Hmmmmmm... Esse pão é delicioso!!!

- Shhhhhh... Quieto, Marcel! Vamos sentir, depois conversamos. Está bem?

- Como quiser, madame...

Verena saboreava lentamente seu pão com manteiga, tentando identificar os sabores. A manteiga era certamente especial, sua textura mais leve, seu cheiro mais forte, quase como o de um queijo maduro. Quanto ao pão, podia sentir grãos e ervas, mas sua consistência era mais pesada que de uma massa tradicional. Lembrava mais a consistência de um bolo de banana, mas tão somente a consistência. Sabor e aroma tinham nada de frutado, apenas ervas e castanhas. Mas o que realmente lhe intrigava era a bebida. Cheirava a bourbon, mas seu sabor remetia a vodca. Podia ser gim, mas de onde viria aquele aroma de bourbon? E gim não se consome em shots. Pelo menos ela nunca havia consumido gim que não fosse na sua tradicional combinação com água tônica. E a segunda rodada então? O pão parecia mais suave, enquanto a bebida parecia mais forte, mais alcoólica. A única coisa que não mudara era o sabor e aroma diferenciados daquela manteiga.

- E agora? Posso falar agora, Verena?

- Pode, Marcel... Pode...

- O que você acha?

- Não sei... Consegui sentir aroma e textura super diferentes na manteiga. O pão tem algo de castanhas, algo de ervas... E a bebida lembra uma mistura de bourbon e gim, algo de alecrim... Mas totalmente diferente tomá-la de uma só vez, ou saboreá-la aos poucos... E você, o que você pôde perceber?

- O pão é uma receita típica da Alemanha. Trata-se de um Pumpernickel, que usualmente é feito exclusivamente de centeio mas que, neste caso, levou ervas em sua composição, e algum ingrediente que não sei distinguir deu-lhe à sua casca uma textura crocante que não lhe é tradicional. Esse é provavelmente o segredo mais bem guardado do duende malvado... Porque Pumpernickel significa algo como Goblin Demoníaco... Engraçado, né? Bom... A manteiga é norueguesa, feita a partir de leite de cabra. Algo como uma mistura de Kefir e Quark, mas com a consistência de manteiga ao invés de iogurte ou queijo. E a bebida é um gim, como você bem indicou, produzido pela californiana Hotaling & Co. Utilizam barris de whiskey Old Potrero para envelhecê-lo e adicionam a sua composição angélica, e não alecrim, como você sugeriu.

- Ei, garoto! Como é que você sabe tudo isso?

- Não sei se sei... Trata-se tão somente de meus palpites...

- Ah, vá! Me conta teu segredo! Como sabe tudo isso?

- Verena. Tenho paladar aguçado para tudo que é bom... O importante é não ter medo, aventurar-se e deixar-se levar pela aventura de desbravar-se pelo desconhecido que nos encanta...

Verena estava desconcertada. Sabia que o comentário tinha segundas intenções, mas não tinha coragem de encará-lo com a próxima e óbvia pergunta. Talvez tivesse medo de se frustrar, caso tivesse entendido tudo errado. Ou, mais provável, tivesse medo de deixar-se levar pela aventura...

Seguiu-se o serviço com uma entrada impossível de se identificar, textura de sorbet mas com sabor levemente salgado. Mas intrigante mesmo era o prato principal. Ela sabia que se tratava de carne, mas de textura bastante incomum. O sabor, intrigante a princípio, se tornava rançoso e enjoativo com o passar do tempo, exceto se consumido junto àquele vinho tinto que o acompanhava, de aroma, sabor e corpo pronunciados, e um purê que parecia ser de batatas, mas havia ali um algo a mais. A forma de consumi-lo fazia toda a diferença, e acabou descobrindo a combinação ideal por tentativa e erro.

Não conversaram sobre a entrada ou o prato principal. Sequer tentaram adivinhar qual era a sobremesa. Apenas abordaram futilidades entre um prato e outro, até que deixaram aquele quarto escuro com a sensação de que jamais se esqueceriam daquela noite.

Ao chegarem ao apartamento, o motorista entregou-lhes um envelope. *"O cardápio da noite está aí dentro. Pode ser uma diversão a mais para a noite. Espero que tenham vivenciado momentos inesquecíveis."* – e logo em seguida acenou para um táxi.

- Vamos subir? Assim descobrimos o cardápio juntos...

- E, quem sabe, acabamos nos encontrando com aquele demônio que se alimenta de seu olhar angelical?

- Para, Marcel! Assim você me deixa sem jeito...

- Seu olhar me deixa sem jeito... [silêncio] Mas vamos lá. Temos algumas importantes revelações... aqui dentro do envelope, quero dizer!

Enquanto Verena preparava um chá de hortelã, Marcel a observava, sentado numa banqueta, próximo ao balcão que separava a cozinha da sala de jantar. Abria cuidadosamente o envelope, mas sem espiar seu conteúdo.

- Pronto. Chá em mãos. Podemos começar?

- Podemos. Mas proponho um jogo.

Verena olhou para ele, aquele olhar de quem espera uma proposta de jogo que fosse sedutora. Não havia forma mais perfeita de se terminar aquela noite que nos braços dele.

- Faremos assim. Você vai ler, em silêncio, o que era a entrada. Descreva-a para mim. Suas sensações, suas impressões, seus erros e seus acertos. Mas não me diga o que era, ou quaisquer de seus ingredientes. Preciso descobrir com base na sua descrição. Aí faremos o mesmo com o prato principal, mas aí será minha vez de descrevê-lo para você.

- E a sobremesa? Quem descreverá a sobremesa?

- Proponho que trabalhemos em conjunto, tentando descrevê-la com base em nossas experiências em comum, e aí comparamos nossa descrição com o que está no envelope. Pode ser assim?

- Fechado! Então eu começo!

Verena puxou cuidadosamente a folha de papel de dentro do envelope, evitando ler mais detalhes que o necessário. Concentrou-se na entrada, demonstrando surpresa ao descobrir do que se tratava. Um leve sorriso indicava que se tratava de uma agradável surpresa.

- A gente tinha se esquecido dos pães! Mas agora já foi, já li a descrição aqui... E quer saber, Marcel? Você estava quase certo!

- Verdade? Me conta então o que era? Essa parte não faz parte do nosso jogo...

- Tá bom então. O pão era mesmo um Pumpernickel, mas não explicam aqui como fizeram para a casca ficar crocante... A manteiga é de cabra, mas não norueguesa. Mas chegou perto. É da Dinamarca. Quanto a bebida, acertou em cheio! Trata-se mesmo de um gim californiano envelhecido em barris anteriormente utilizados para whiskey! Meus parabéns!

- Te disse que era bom nisso! Acho que mereço um beijo, não?

- Calma lá, Marcel! Calma lá! Ainda tem muito jogo pela frente! E a gente combinou que esta parte não estava valendo... Mas vamos ver se você é bom mesmo... Agora vou descrever a entrada...

Verena leu novamente, pensou por alguns segundo e então começou a descrevê-la.

- Faz parte de shows de mágica. Também faz parte de pasta italiana. E acompanha muito bem um futebol na TV, cerveja gelada, desde que não quebre as pontas das unhas...

- Bom, estou certo do pistacho...

- Como assim?!?

- Não é pistacho o terceiro ingrediente?

- Sim, exatamente! Estou perguntando *"como assim, você adivinhou?!?"*

- Futebol na TV, cerveja gelada, quebra as unhas... Só pode ser aquela desgraça da casca do pistacho... O povo inventa espaçonave pra ir pra Marte, mas não consegue inventar uma porcaria d'uma ferramenta pra descascar pistacho! Vou te falar, viu...

Os dois caíram na gargalhada. A anedota servia tanto para ele, fã de futebol, quanto para ela, que odiava quebrar as unhas.

- Mas me diz as outras coisas... O que consegue adivinhar?

- Adivinhar? Não adivinho nada! Apenas identifico...

- Ah, tá! Então manda aí, ô bonzão! Identifica os outros ingredientes, vai?

- Faz parte de show de mágica... Faz parte de pasta italiana... Mmmmmm... Só pode ser... Não sei!

- Ué! Cadê o bonzão que sabe tudo, hein?

- Acho que ele se perdeu numa explicação muito mal dada de sua parte...

- Ah, é assim, é? Então agora a culpa de sua falta de sensibilidade no palato é culpa minha? É isso?

- Falta de sensibilidade? O que você tem a me dizer sobre o couvert então?

- Sorte de principiante...

Os dois riam e trocavam olhares. O desejo por um beijo aumentava, então Verena resolveu quebrar a magia do momento e comentar sobre a entrada, antes que acabassem desistindo daquele jogo e se entregando a algo melhor.

- Trata-se de um sorbet de manjericão com pistacho, seus ingredientes prensados a frio e congelados pela adição de nitrogênio líquido. Como toque final, flor de sal e raspas de caramelo.

- Interessante... Não consegui distinguir o manjericão...

- Talvez por conta do caramelo e flor de sal, além do sabor acentuado do pistacho. E, convenhamos, não é nada comum usar manjericão para fazer sorbet!

- Ok, você conseguiu fazer com que me sinta menos frustrado com minha falha...

- Ah, seu bobo, relaxa! Para de tentar ser o Senhor Perfeito!

- E por que esse "tentar"?

- Ah, pra quê fui dar corda... Vamos lá, sabichão! Veja aí o prato principal e me dá a descrição. Por enquanto estou ganhando, pois você não acertou a entrada.

- Ok, vamos ver... Hummmmmm... Interessante! Jamais imaginaria isso! Que coisa mais curiosa! Vamos lá... Primeiro o acompanhamento, depois entramos nos detalhes da estrela da noite. Pode ser assim?

- Como quiser, Senhor Perfeito!

- Trata-se de um tubérculo, mas não o mais tradicional dos tubérculos. Está super na moda... Mas leva algo especial em sua preparação, além de outro tubérculo nada comum por aqui...

- Bom... Tubérculo que está na moda, deve ser batata doce!

- Exatamente! E qual o outro?

- Sei lá! Nada comum por aqui... Seria yuca?

- Deus do céu! E desde quando yuca não é comum por aqui?

- E por acaso é? Só comi yuca quando fui pra Machu Pichu!

- Verena! Yuca e mandioca são a mesma coisa!

- Não senhor! São tubérculos da mesma família, mas não são a mesma coisa!

- Tudo bem, Verena, tudo bem. Vamos saudar a yuca então e continuar com a brincadeira, pode ser? E o ingrediente secreto, qual é?

- Não faço a menor ideia! Já adivinhei batata doce e a gente se encontrou nesse impasse entre yuca e mandioca... Ainda tenho que descobrir mais um componente desse purê de batata doce?

- Tá bem, eu falo... O outro tubérculo é a chirívia, muito popular na Inglaterra, mas nada comum por aqui. Em inglês, é conhecida como *parsnip*. Além disso, ao invés de leite ou manteiga, muito comumente adicionados aos purês, este leva um caldo de legumes com buquê garni e azeite de dendê para quebrar o sabor adocicado dos tubérculos.

- Hummmm, interessante! E o que mais?

- Como assim, o que mais? É isso!

- Não, peraí! Você só mencionou um acompanhamento! E tenho certeza que tinha aí um espinafre cozido e lascas crocantes de alho no sal e azeite... Mas e o prato principal?

- Muito bem, Verena! Impressionadíssimo com sua performance!

- Ah, deixa disso! Qualquer um adivinharia o espinafre e, principalmente, as lascas de alho.

- Então vamos ao prato principal. Vou descrevê-lo em detalhes, assim você passará a apreciá-lo como deve ser.

- Mas antes de mais nada, devo confessar. Gostei no início, depois foi ficando rançoso... Mas melhorou bastante quando o pareei com o vinho tinto...

- Faz todo o sentido! O paladar diferenciado, que aos poucos se torna enjoativo, mas que tem seu sabor realçado e sua textura amaciada ao ser combinado com um bom vinho tinto, autêntico em corpo e alma...

- Hummmm, que chique! Agora também virou especialista em vinhos, é?

- Por que "virei"? Sempre fui, minha querida!

- Aham, Cláudia! Senta lá! Hahaha! Pode continuar sua explanação, Sommelier Marcel!

- Trata-se de uma iguaria da região dos pampas. Por ser de origem animal, é desnecessário mencionar que, para obtê-lo, é preciso sacrificar um bezerro...

- Credo, Marcel! Precisa mesmo entrar nesses detalhes?

- Tudo bem! Vou pular a parte que descreve o abate.

- Ainda bem!

- Voltando ao tema. Povos antigos acreditavam que ali fica alojada a alma. Isso por conta da proximidade do órgão ao coração, e o desconhecimento de sua real função naqueles tempos remotos. Hoje se sabe que tal glândula não guarda a alma, mas realiza papel crucial na proteção do corpo, da vida, contra minúsculos e perigosíssimos invasores. Conforme crescemos, sejamos humanos, sejamos bovinos, a ação dos hormônios sexuais faz com que essa glândula se atrofie, motivo pelo qual sua extração de bezerros resulta em um prato mais saboroso que se fosse preparado a partir da glândula de um animal adulto. Aí está outro motivo para se acreditar que a alma se encontra alojada nesse ponto - porque a atividade sexual compromete sua pureza e reduz o tamanho de sua morada.

Verena estava perdendo a cor, uma palidez doentia que combinava com sua feição de nojo pelo que acabara de descobrir ter sido o prato principal de seu jantar. Não podendo mais se segurar, saiu correndo em direção ao banheiro.

Minutos depois, retornando à sala e um pouco mais corada, Verena dirigiu-se a Marcel de forma fria e direta.

- Marcel, melhor você ir embora agora.

- Mas Verena! Não tenho culpa do cardápio, pra mim também foi uma surpresa!

- Ok, Marcel. Sei que não foi sua culpa. Mas vai embora, vai.

- Peraí, Verena... Vem cá, vem! Deixa eu te dar um abraço...

- Marcel, chega! Pega suas coisas e vai embora! A-go-ra! Antes que as coisas fiquem pior! Vai!

Marcel deu-lhe as costas e, sem dizer-lhe uma única palavra, pegou sua jaqueta, carteira, celular e chave do carro e saiu de seu apartamento.

Verena estava transtornada. Mal podia imaginar que seu jantar teve, como prato principal, fatias de timo bovino. E a culpa era, sim, de Marcel! Porque tudo estaria bem para ela se a descrição a levasse à conclusão de que saboreara um prato de mollejas deliciosamente bem preparadas. Mas não. Marcel entrou nos detalhes anatômicos do prato, quando deveria ter abordado seus aspectos unicamente culinários.

O ser humano é um animal curioso, e Verena não era diferente. Via de regra, as pessoas não querem saber de onde vem seu alimento. Não querem pensar como foi obtido, como foi extraído, como chegou às prateleiras dos supermercados. Alguns sequer querem entrar em detalhes do preparo, importando-lhes o prato pronto e tão somente isso. Para poucos, cada detalhe por trás dos ingredientes carrega em si algo de mágico. Para muitos, detalhes apenas servem para escancarar a realidade inconveniente que não querem ter o trabalho de enxergar. Assim funciona a mente humana. Inclusive a mente de psicoterapeutas, como é o caso de Verena. A verdade por trás das coisas tende a ser difícil de ser encarada. Ou, neste caso, digerida.

♀ ♀ ♀

Um abrigo para a alma

- Roberta, querida! Faz um tempão que a gente não se fala! Quando foi a última consulta? Há mais de um mês, não?

- Sim, Verena! Quase dois meses, na verdade. Precisava desse tempo para refletir, mas também estava super apertada no trabalho, com uma enfermeira de licença médica e outras duas de férias. Mal tive tempo para dormir nas últimas semanas...

- Mas você aparenta estar super bem pra quem rodou turnos extra! Meus parabéns! Talvez o esgotamento físico tenha sido compensado por uma paz de espírito aí dentro, estou certa?

- Acho que sim, Verena. Acho que sim...

- Então me conta, Roberta. Como passou desde nossa última conversa?

- Tinha decidido que já não queria mais meu pai na minha casa. Conversei com minha irmã mais velha e meu irmão caçula e expliquei a eles meus motivos. Fui tachada de insensível, ingrata e outros adjetivos, e simplesmente ignorei os ataques. Quando pararam de disparar suas "verdades" para cima de mim, voltei a explicar que, na minha casa, ele não ficaria mais, e que tínhamos três opções: pagaríamos, os três, pelos custos de um abrigo para idosos; ou um deles o daria abrigo, os custos do cuidador sendo dividido entre os três; ou mandaria ele de volta para a casa dele, tão logo conseguisse tirar os inquilinos de lá, e ele não teria nenhum cuidador, sendo deixado por conta da própria sorte.

Verena seguiu em silêncio, esperando que Roberta continuasse, dizendo qual foi a escolha dos três. Mas ela não continuava. Podia-se ver que seus olhos se enchiam de lágrimas, e que a decisão talvez tenha sido a mais difícil para alguém com grande coração como o dela.

- Meus irmãos votaram pela terceira opção, aquela que, na minha cabeça, era a menos provável de ser, de fato, uma opção a ser avaliada.

- E como está se sentindo a respeito dessa decisão?

- Estou me sentindo mais humana, plenamente humana e consciente de meus atos, como jamais me senti antes...

Verena esperou, em silêncio, pelos próximos passos e por mais detalhes acerca dos sentimentos de sua paciente.

- Sinto que minha mãe foi uma pobre coitada, sem voz, sem direito a se expressar, uma vida desprovida de autoestima. Meu pai, no extremo oposto, é um ser desprovido de sentimentos. Enquanto minha mãe se anulava e deixava, sempre, prevalecer a vontade alheia, meu pai não sentia e nem sente nada pelos outros, é um ser desprovido de empatia, e pensa apenas em si próprio. Meus irmãos seguiram o egoísmo exacerbado de meu pai, o olhar unicamente para si e que se foda o resto do mundo. Eu... Acho que tinha muito de minha mãe, mas agora busco um pouco mais de valorização, de respeito àquilo que sinto... Hoje me respeito mais como indivíduo, mas sem perder a empatia pelo outro.

- Isso me parece excelente, Roberta! Como têm sido seus dias após essa conversa?

- Têm sido dias de luta. Primeiro, porque ficou claro quem é quem na minha família. Isso já estava super claro desde há muitos anos, mas a verdade é que não queria enxergar essa triste realidade. Agora vejo tudo com clareza, sem deixar-me levar por sentimento de culpa ou aquela coisa de achar que, porque são parte da família, sangue do mesmo sangue, devo aturar seus abusos. E vejo que, apesar de tudo, empatia é parte integrante de meu eu, e portanto não poderia aceitar a opção escolhida por meus irmãos. Aquela opção não estava ali para ser votada, mas sim, para ser testada. Coloquei minha tese à prova e validei minhas impressões. E foi aí então que dei as cartas do jogo!

Verena esperou pela continuidade da história, ouvindo atentamente, com olhar profissional de quem simplesmente escuta e aceita. Na verdade, vibrava de alegria em seu interior, mas não podia demonstrá-lo, sob o risco de interromper aquele belo momento de libertação que presenciava.

- Até então, a renda do aluguel da casa de meu pai ficava em uma conta em nome dele. Não utilizava tal recurso para custeio dos gastos com cuidador, tampouco com os gastos em casa. Arcava sozinha com todos os custos. Sequer via a cor do dinheiro da aposentadoria dele. Mas a coisa toda mudou. As regras mudaram. Agora, para morar sob meu teto, ele deve arcar com os custos. Ou então mudar-se para uma casa de repouso. A opção foi dada a ele, e decidiu ficar. Não sem protestar, não sem me chamar de todos os nomes que se possa imaginar. Mas, principalmente, não sem antes ameaçar empacotar suas coisas e ir morar com a filha mais velha, ou o filho caçula, ameaça essa aceita de bom grado de minha parte. *"Fique à vontade!"*, disse-lhe, entregando-lhe o telefone para que chamasse seus filhinhos queridos... Confesso que senti certa pena ao ver a reação dele, sendo-lhe negado abrigo pelos filhos que, a seu ver, eram as mais perfeitas e amáveis criaturas da face da terra. Por outro lado, e como dizem os pais, a frustração traz consigo o amadurecimento. Acredito que meu pai precisava sentir esse baque. Perceber que o mundo não gira ao redor dele. Principalmente, perceber quem está disposto a ajudá-lo e quem herdou sua prepotência e egoísmo. Não sou mais a filha submissa que o abriga porque ninguém o faria. Agora sou uma opção, uma escolha. As portas estão abertas, caso queira mudar-se para uma casa de repouso. E ele tem condições financeiras para arcar com os custos de sua própria estadia e cuidados médicos. Ou ele pode continuar onde está. A escolha é toda dele.

- E como está se sentindo com relação a tudo isso, Roberta?

- Sinto-me leve. Aliviada. Livre daquele peso que me esmagava desde que o trouxe ao meu apartamento.

- E sobre aqueles sentimentos confusos? O acolher por obrigação ou por orgulho? Como está encarando essa nova fase?

- Acolho por escolha própria e por escolha dele, e acolho por ser algo que posso fazer. Não há sentimento algum envolvido nesse ato. Trata-se meramente de lidar com o possível.

- Mas o fato de não ter sentimento envolvido, isso não seria uma forma de fuga?

- Não, Verena. Definitivamente não. Sei quem ele é e quem ele foi para minha mãe e para mim no passado. Sei que ele precisa de cuidados, e pode pagar por tais serviços. Tenho espaço em casa, e posso oferecer tal espaço para ele. Por outro lado, com os recursos de aluguel e aposentadoria, ele pode ir para uma casa de repouso. Ele é livre para escolher onde ficar, e meu apartamento é uma das muitas opções disponíveis. Não há amarras. E ele continua sendo meu pai, com seus defeitos e seus acertos. E isso é tudo. Não tem nenhuma fuga aí. Posso me sentar à mesa com ele e jantarmos juntos, conversarmos sobre o dia, assistirmos ao jornal na TV... Podemos falar certas futilidades, ou simplesmente não conversar um com o outro por todo um final de semana. E tudo bem! Depois do ocorrido, passamos a conviver de forma mais harmoniosa, sem cobranças, sem ressentimentos, sem obrigações. Você me entende, Verena?

- Claro que te entendo, Roberta! E posso te dizer, minha querida. O que acabou de me descrever é a definição perfeita da palavra "relacionamento". Agora vocês têm um relacionamento! Antes, vocês tinham meramente uma obrigação de conviver um com o outro. Roberta, meus parabéns! Sinta-se orgulhosa de si mesma e de seu progresso!

Roberta era puro êxtase por conta do comentário positivo de sua terapeuta. O reconhecimento de seus esforços era quiçá mais valioso que o progresso no relacionamento com seu pai. Mas sua expressão facial clamava por algo a mais. Era como se não estivesse totalmente convencida de que tecia comentários embasados em algo no qual realmente acreditava. Percebendo essa dúvida, explicou de forma mais detalhada os motivos pelos quais acreditava no substancial progresso alcançado pela sua paciente.

- Existem diversas formas de observar a relação entre razão e emoção. Há linhas de pensamento que defendem a razão sob controle, a emoção deixada de lado, para o progresso do indivíduo. Outros, porém, creditam à emoção o papel de avanço nas interações sociais. Como disse o filósofo Blaise Pascal, *"há razões que a razão desconhece"*. Minha versão da verdade, e a verdade se enxerga pelos olhos de quem a analisa, é de que ambas são necessárias. Como tudo na vida, o equilíbrio e o balanço entre essas forças ditarão o sucesso ou o fracasso do indivíduo sobre si mesmo, sobre seus desejos e medos, valores e crenças. Tal balanço pode ser ameaçado, por exemplo, por reações exacerbadas às nossas emoções. Quando uma situação ou pessoa nos remete a experiências afetivas positivas ou negativas, tendemos a expressar sentimentos associados a tais experiências impressas em nossa mente. Isso explica, por exemplo, o porquê de certas pessoas, situações ou lugares nos deixarem inseguras, irritadas ou extremamente felizes e desinibidas, sem que saibamos explicar a origem de tais sentimentos. Existe algum gatilho, algum padrão que nossa mente reconhece, e nos traz esses sentimentos, a emoção dominando totalmente nossas ações, sem a menor chance de retomada da razão. Na relação com seu pai, havia a dominância de uma polaridade afetiva de valência negativa, na qual desenvolvia-se ansiedade, por conta de ameaça potencial advinda de suas experiências passadas com seus pais, experiências de perda, de não recompensa e, consequentemente, de absoluta frustração. Quando resolveu virar o jogo, colocando a razão acima das emoções negativas associadas à relação com seu pai, você foi capaz de inverter a polaridade afetiva entre vocês dois. E essa valência positiva motivou a aproximação entre vocês, e agora mantém não mais aquela antiga relação doentia de submissão e controle, mas sim, uma relação enriquecedora entre dois seres humanos em pé de igualdade. Isso é um grande progresso, Roberta! E o mérito é todo seu e da coragem que teve em dar esse enorme passo! Meus parabéns, querida!

- Verena... Posso te dar um abraço?

Aquela sessão seguiu em um infindável abraço silencioso, silêncio esse quebrado tão somente pelo som abafado de seus soluços e de um choro encharcado.

Antes de ir embora, Roberta olhou bem nos olhos de sua terapeuta, dizendo-lhe: *"Obrigada, Verena. Hoje você foi como um abrigo para minha alma."*

Abrigo para a alma... Em menos de 24 horas, a expressão rodeia o mundo dela pela segunda vez. Primeiro, com a péssima experiência com Marcel e sua infeliz descrição "anátomo-culinária". Agora, como um elogio sinceramente poético de sua paciente.

♀ ♀ ♀

Nem tudo é como aparenta ser

- Verena. A Christiane Fraga está aqui na recepção.

- Ué! Mas não era só às onze e meia?

- Ela tem um compromisso ao meio-dia e pediu pra ver se poderia atendê-la agora...

- Tem espaço pra encaixe?

- Tem sim, Verena. Esta manhã está bem tranquila.

- Então pode falar pra ela subir até meu consultório, Marcela? Obrigada, querida!

Algo realmente perturbador se passava pela cabeça da Christiane naquela manhã. Verena pôde notá-lo tão logo cumprimentou sua paciente, convidando-a a entrar e sentar-se. Christiane sempre se apresentou de forma reservada, mas mesmo assim não dispensava um leve abraço, daquele tipo que deixa claro se tratar de mera formalidade social, ao invés de algo realmente desejado, caloroso, afetuoso. Naquela manhã, entretanto, absteve-se do abraço forçado, restringindo-se a um simples *"bom dia"* e um *"obrigada por me atender mais cedo"*. Verena sentia que aquela conversa pediria atenção redobrada de sua parte. Parecia haver algo a ser dito que, a depender de sua paciente, seria deliberadamente ocultado.

- Verena, falei com o Leo de novo. Ele está realmente encrencado, e não faço a menor ideia se sairemos ilesas, minha filha e eu, dessa merda toda que ele aprontou... Ele botou uns caras pra me vigiar, acredita? Não que ele tenha assumido isso, e eu tampouco tive coragem de perguntar, mas vejo alguns carros parados em frente de casa, outros me seguem de casa à escola da Sofia... Já vi uma moça fingindo que tirava selfie e me fotografando na academia... Mas quando me ligou, há uns três dias, disse que sentia muito nossa falta, e que estava planejando tudo para que pudéssemos ficar juntos novamente...

Verena aproveitou um momento de silêncio e, mais como amiga que como terapeuta, resolveu explorar outras possibilidades.

- Mas Christiane, e se não tiver ninguém te vigiando? Pode ser que seja Baader-Meinhof...

- Baden o quê?

- Não é Baden... É Baader... Mas deixa pra lá... Quero dizer, e se for sua mente em estado de alerta, enxergando padrões de vigilância onde não há nada além de pessoas compartilhando os mesmos espaços que você, mas que anteriormente você simplesmente não tinha se dado conta?

- Não, Verena. De jeito nenhum. Aquelas pessoas estão em todos os lugares que frequento unicamente por minha causa! Estou sendo vigiada, não tenho dúvidas disso!

- Vamos então assumir que sim, que esteja sendo vigiada. E se não for a pedido de seu marido, mas sim policiais à paisana, tentando encontrar alguma informação que leve ao paradeiro dele? Tentando ver com quem você se encontra e, a partir daí, tentar encontrar alguma conexão que os leve ao Leonardo?

- Isso até poderia ser, mas... como diabos o Leonardo saberia que falei contigo sobre nossa conversa ao telefone?

- Como assim? Quando foi que conversamos ao telefone? Será que seu telefone está grampeado?

- Não! A conversa entre ele e eu! Aquela que a Sofia escutou pelo vão da porta! Lembra?

- Sim, me lembro... Ele sabe que faz terapia comigo, não sabe?

- Sim, sabe. Já fazia antes de ele desaparecer.

- Então me parece óbvio que tenha lhe perguntado se conversou comigo sobre aquele telefonema...

- Mas ele não perguntou, Verena! Ele não perguntou! Ele afirmou! Categoricamente! Assim, na lata!

- Peraí! Como foi isso?

- Ele chegou e falou: *"Como é que você foi falar pra sua terapeuta que conversou comigo pelo telefone?"*

Verena pensou por uns instantes, deu um longo suspiro, e então prosseguiu.

- Christiane. Existe uma técnica de interpelação, bastante comum, na qual, ao invés de questionar se alguém fez alguma coisa, afirma-se que ela o fez. Ao abordar um determinado tema dessa forma, quem é questionado assume que a pessoa sabe de algo e acaba se entregando, caso tenha de fato feito aquilo que seu interlocutor o acusa de ter feito. Me parece que o que aconteceu pode ter sido isso...

- Poderia, Verena... Bem que poderia... Se ele não tivesse dado tantos detalhes, até poderia acreditar que foi isso que aconteceu...

- Detalhes? Que detalhes?

- Tipo assim... Que a Sofia escutou nossa conversa... Como ele poderia saber disso? Ele só pode estar me vigiando, Verena! Não tem outra explicação!

- Sim, me parece que sim. Mas ele não teria como saber o que falamos aqui no consultório. A não ser que...

- A não ser que o quê?

- A não ser que seu telefone esteja grampeado. Ou que meu consultório tenha escuta clandestina, mas por quê? Ou... Ou ele invadiu o computador da clínica! Bingo!

- Invadiu o computador da clínica?

- Christiane, foi assim. Naquela véspera de feriado, quando você me contou sobre a conversa com seu marido, o computador da clínica estava ligado. A Marcela jura que havia desligado. E houve dano ao disco rígido, acho que é assim que fala, e o técnico veio aqui e levou o computador pra conserto logo na manhã da segunda-feira.

- Mas Verena, não parece estranho o Leonardo querer invadir o computador da clínica? Por mais encanado que ele possa estar, por mais preocupado com aquilo que eu possa estar dizendo ou fazendo, ouvir nossa conversa me parece um pouco demais, não é não?

- Christiane. Desculpe-me pelo que vou dizer, e não lhe digo como terapeuta. Aliás, nossa conversa de hoje não será cobrada. Estamos conversando como amigas, ok? Então... Imaginar que o Leo pudesse ser um traficante, e dos grandes, pareceria loucura há alguns meses, não é mesmo?

- Verdade... Mas... O que vamos fazer? Chamamos a polícia e dizemos que suspeitamos que o Leo hackeou seu computador?

- Christiane, querida. Não posso chamar a polícia. Tudo que me disse faz parte, de certa forma, de uma relação entre terapeuta e paciente. Ainda que nossa conversa de hoje não seja exatamente uma sessão de terapia, não posso tomar a iniciativa de chamar a polícia para investigar algo que, a princípio, tem a ver com a sua vida pessoal.

- Mas e se eu procurar a polícia? Posso mencionar o ocorrido com o computador da clínica?

- Sim, pode. E estarei à disposição para prestar depoimento ou para entregar o computador à perícia, se assim preciso for. Só não sei como vou me virar sem computador novamente...

- Ai, Verena. Obrigada mesmo!

- Por nada, querida. Não esquece de marcar a próxima sessão com a Marcela, e avisa que nossa conversa de hoje não conta como consulta.

- Muito obrigada, Verena! Você é um amor de pessoa!

"Esse meu jeito de querer sempre ajudar aos outros ainda vai acabar me colocando em uma bela d'uma encrenca...", pensou.

♀ ♀ ♀

Liberdade vigiada

- Marcela do céu! Onde já se viu uma história dessas? Agora sim a gente tá no meio de uma trama policial, tipo aquela série CSI... Um foragido da polícia, um advogado desaparecido, celular grampeado, suspeita de computador hackeado... Isso sem contar o pobre do garoto do escritório dos Montserrat e aquela desgraça de olho de porco que não gosto nem de lembrar...

- Credo, Verena! Como é que você consegue fazer piada dessa desgraça toda?

- Ué! Não é essa a fama do brasileiro? De achar graça da própria desgraça e seguir em frente, não importa o tamanho do problema? Tô apenas praticando minha brasilidade, querida!

- Mas precisa mencionar o coitado do menino? Se bem que só pode ter sido falta de Deus na vida dele...

- Marcela, agora para você, né! Que falta de Deus, que nada! Esse menino foi vítima de assassinato, só não acharam quem fez isso com ele porque é menino pobre da periferia...

- Menino pobre da periferia, que trabalhava no escritório de um homem rico e que está desaparecido há algum tempo... Verena, não mistura política e discussão de cunho social com violência, porque todo mundo está exposto a uma bala perdida ou um latrocínio neste Brasil descontrolado em que vivemos...

- Bala perdida? Latrocínio? Marcela, o garoto morreu de overdose!

- Então! Não disse? Falta de Deus na vida dele...

- Tudo bem, chega de falar sobre o garoto. Você mistura crime e religião, eu misturo crime e fatores sociais... A verdade é que, nem eu, nem você, sabemos o que realmente aconteceu com ele... É muito fácil a gente se pegar levantando suposições sobre o que a gente não sabe direito, né?

- Tá bem, Verena. Vamos deixar isso pra trás. O que realmente importa é que sim, tem muita coisa acontecendo de uma só vez, e não sei onde isso tudo vai parar.

- Vai parar que vou fechar a clínica e abrir um escritório de detetive particular!

- Vereeeena...

- Ok, ok, sem piadas. Mas sério agora. E essa história da Christiane então? Que coisa de louco! Como é que pode o marido dela pôr escuta no celular?

- Isso sem contar aquele espião que implantou no nosso computador...

- Não sabemos se foi ele, Marcela.

- E quem mais poderia ter sido? A clínica de ortodontia ali da esquina, querendo saber dos problemas de seus clientes? Verena, claro que foi o marido da sua paciente!

- A polícia ainda não concluiu a perícia, Marcela!

- E precisa? Verena, raciocina comigo. Quem, além desse foragido, ia ter interesse nos registros sobre a Christiane?

- Mas Marcela... Se ele já tinha grampeado o celular dela, e o app que estava rodando dava escuta continuada de tudo que ela fizesse, 24 horas por dia, por que ele precisaria hackear nosso computador?

- Porque a ficha dela poderia conter alguns detalhes que ela possa ter contado para você antes do telefone ter sido grampeado! Lembra, Verena? O cara é foragido! Deve estar morrendo de medo que a polícia encontre qualquer detalhe que possa levar ao seu paradeiro! Olha que prato cheio poderia ser os registros das conversas da Christiane com a terapeuta dela...

- Se essa era a preocupação dele, o feitiço acabou virando contra o feiticeiro... Porque eu nunca, de forma alguma, quebraria o sigilo de dados de uma paciente, voluntariamente compartilhando detalhes de sua privacidade com a polícia. Mas, com um mandado de busca e apreensão em mãos, e uma autorização formal da Christiane para a polícia acessar seus dados... Não pude fazer nada, querida...

- Agora, me conta, né? Como é que o técnico que arrumou o computador não percebeu que ele estava hackeado? Trabalhinho mais sem-vergonha esse, hein?

- Não, Marcela! Aí é que está a questão! O computador não foi hackeado. Não tinha nenhum vírus, nenhum nada. Pelo menos não aparente. Por isso que pediram sua apreensão para perícia. Para ver se, com alguma avaliação mais detalhada, conseguem entender o que se passou. Se é que se passou algo mesmo...

- Então a gente nem sabe se estávamos sendo observadas pelo marido da Christiane?

- Não, Marcela. Não sabemos. A consulta dela na véspera do feriadão, o computador ligado, a pane, a escuta no celular... Pode ser que não haja conexões entre a liberdade vigiada da Christiane e os incidentes que observamos aqui na clínica. Só mesmo esperando a polícia terminar o trabalho para ter alguma resposta...

- Verena. Se a polícia tem o computador com eles para perícia, como podemos garantir que não vão acessar dados de outros pacientes? Eles têm a faca e o queijo na mão...

- Tecnicamente falando, eles têm condições de acessar o que quiserem. Legalmente falando, eles não têm autorização para analisar dados de outra pessoa que não seja da Christiane Fraga. Eu cumpri a lei. Eles que cumpram a parte deles.

- A contar pelo rolo que foi essa história da Lava Jato denunciada pelo Intercept, não acho nada improvável que a polícia bisbilhote os dados de seus outros pacientes...

- Marcela. Tem uma diferença enorme entre espionar agentes públicos envolvidos em um caso do porte da Lava Jato e ficar fuçando na vida de meus pacientes.

- Verena. Existe o interesse jornalístico de se espionar a Lava Jato, e o interesse especulativo de um policial qualquer, de uma delegacia qualquer, em dar uma espiadinha na intimidade da vida alheia. Por que acha que Big Brother faz tanto sucesso, há tantos anos?

- Maldita curiosidade que matou o gato... E o pior é que o policial que esteve aqui nem era lá assim tão gato!

- Só você mesmo, Verena! Só você mesmo...

Lacunas no tempo

Aquela manhã de fortes chuvas parecia querer anunciar a tempestade que viria a despencar sobre as cabeças de Verena e de sua paciente. Iria encontrar-se com Janaína Montserrat pela primeira vez desde aquele fatídico dia do pacote macabro.

Janaína passou por experiências as quais a maioria das pessoas não poderia sequer imaginar. Uma gravidez indesejada. A ocultação da gravidez até o último segundo, integridades físicas do feto e da mãe severamente impactadas. Uma vida de aparências, tudo para preservar o sobrenome Montserrat. A morte da filha, posta a adoção logo após o parto, sem sequer saber da existência de sua mãe biológica. O desaparecimento de seu pai, a ausência de contato de eventuais seqüestradores. Sua prisão temporária, suspeita de envolvimento no desaparecimento do pai, e posterior liberação por falta de provas. Seu distanciamento de amigos e parentes, nada de aparições em público. Se existe inferno, Janaína seria a melhor pessoa para descrevê-lo ainda em vida.

Reconhecendo a importância daquele tão esperado encontro, Verena decidiu aguardá-la na recepção da clínica. Queria recebê-la com um abraço apertado, demorado, demonstrando naquela atitude tudo aquilo que palavra nenhuma neste mundo seria capaz de expressar com exatidão. Pena que Janaína não estava na mesma *vibe*. Ignorando o caminhar de sua terapeuta a seu encontro, braços se abrindo, um convite ao abraço, Janaína simplesmente estendeu-lhe a mão direita, garantindo seu espaço por meio daquele "um braço de distância". Aquela ausência de reciprocidade deixou Verena transtornada, pelo menos por uma fração de segundos. *"Isso já está se tornando repetitivo... Primeiro a Christiane, agora a Janaína? Será que tem alguma coisa errada comigo?"* – pensou, mas decidiu respeitar a escolha de sua paciente, respondendo com um formal aperto de mãos. Mantendo um sorriso no rosto e falando de coisas triviais, como a forte chuva que caía lá fora, acompanhou-a ao seu consultório. Um longo e incômodo momento de silêncio, Janaína evitando o olhar de sua terapeuta.

- Da última vez que nos vimos, sua vida passava por inúmeros fatores estressantes. Os fatos ocorridos posteriormente àquela visita não foram menos intensos. Como está se sentindo, Janaína? Como tem atravessado esse turbilhão de eventos impactantes?

- Eu não sei, Verena. Eu não sei...

- Entendo que, às vezes, é difícil resumir sentimentos em uma única palavra, um único rótulo. Mas, e se tentasse me contar o que está se passando na sua cabeça, como se sentiu nos últimos meses... Talvez seja mais fácil assim?

- Talvez... Mas é difícil explicar o vazio... É isso que sinto, Verena. Um vazio imenso, sem fim... É como se partes de minha vida tivessem sido arrancadas de mim. Como se alguns dias, ou mesmo horas de um ou outro dia, não existissem mais, nem nunca tivessem existido. Minha vida está cheia de lacunas. Você me entende, Verena?

- Entendo, Janaína! Te entendo sim! Mas esse vazio, essa lacuna... Onde tais sentimentos se manifestam? Que tipo de ausência você sente?

- Sinto ausência do tempo! Claro que sinto um vazio pela falta de minha anjinha, mas entendo que foi o melhor para ela. Apenas lamento não ter tido a chance de conhecê-la, de poder me apresentar a ela, dizer-lhe quem eu sou... Mas não é bem isso que sinto... Não é a falta de alguém, nem de alguma coisa que possa ver ou tocar. Sinto falta do tempo. Você me entende?

Verena achou melhor não fazer uso de sua frase empática desta vez. De nada adiantaria dizer que entende, apenas para colocar uma nova pergunta, pedindo esclarecimentos. Era melhor ser direta e assumir o quão confusa tal ausência soava a seus ouvidos.

- Seria algo como passar os dias sem encontrar um sentido para tanto? Como se as horas passassem e nada acontecesse que realmente valesse à pena?

- Não, Verena. Ou melhor, talvez sim... mas não apenas. É mais que isso. Parece faltar-me um sentido para tudo que tem acontecido, mas também me falta a lembrança do que me aconteceu.

- Como se houvesse lacunas de tempo, é isso?

- Sim, é isso! Sinto como se alguns dias não existissem!

- Algum dia em específico? Você consegue se lembrar quais foram os dias que não existiram em sua vida?

- Não sei, Verena. Não sei. Apenas sinto isso. Sinto que alguns dias, ou algumas horas de um ou outro dia, não existiram. Mas não sei dizer exatamente qual dia, qual hora, qual instante, o que aconteceu... De novo, é um vazio enorme, é como se certos momentos nunca tivessem existido.

- Janaína. Você passou por uma carga emocional bastante forte. Foram diversos acontecimentos emocionalmente intensos em um curto espaço de tempo. A morte de sua filha, o desaparecimento de seu pai, sua prisão... Tudo isso exerceu pressão extrema sobre suas emoções, seu psicológico. É natural, em casos assim, que sua consciência se desligue de tempos em tempos. É como se seu cérebro fosse um computador, que encontrou uma falha crítica na execução de um programa e precisa reiniciar-se. É o tal do *"reboot"*, não é assim que se fala? Então, esses eventos que vem experimentando de amnésias podem estar ligados ao estresse ao qual tem sido submetida.

- Entendo... Quer dizer então que meu cérebro tá dando *"tilt"*?

- Para fins ilustrativos, podemos dizer que sim. Mas TILT é outra coisa, bem diferente disso que pode estar ocorrendo contigo. Mas não podemos descartar outras possibilidades. Você se importaria em passar por alguns exames de diagnóstico?

- Exames? Diagnóstico? Que tipo de exame, Verena?

- Gostaria que buscasse um neurologista. Seria bom avaliarmos se não há nenhuma disfunção neurológica que poderia estar causando seus lapsos de memória. Descartada a hipótese de problema físico, podemos seguir com maior segurança nos fatores estressantes que estariam ligados a esse seu vazio. Podemos fazer assim?

- Sim, Verena. Você está certa. Melhor analisarmos todas as possibilidades. Você me indica um neurologista?

- Pode pedir pra Marcela, na recepção. Ela te passa os detalhes quando estiver de saída.

- Ah, que ótimo! Obrigada, Verena! Mas... tem mais uma coisa...

- Diga, Janaína! Porque seu horário não acabou ainda não! Só mencionei a Marcela para que peça os dados do neuro quando estiver saindo, mas não estava te dispensando ainda não! Está querendo escapar daqui antes da hora, é? Mas diga, querida...

- Ontem à noite vi meu pai...

Verena ficou perplexa. Não sabia como reagir àquela revelação. Resolveu optar pelo silêncio, provocando a continuidade daquela "coisa" a mais que Janaína queria falar a respeito.

- Foi bem estranho... Ele estava sentado no canto de um cômodo escuro, sem mobília, sem janelas. Parecia uma cela, mas não me lembro de ter visto grades. Levava um prato de comida e uma jarra com água para ele. E ele não tinha seus olhos! Havia um buraco profundo no lugar dos olhos, como se tivessem sido arrancados de seu rosto...

Janaína caiu em prantos. Verena entregou-lhe uma caixa de lenços de papel. Pensou em abraçá-la mas, ao lembrar-se da maneira que se cumprimentaram na recepção da clínica, decidiu dar-lhe o espaço que podia. Manteve-se em silêncio, aguardando-a recuperar seu fôlego. Ela, Verena, também se sentia abalada com aquela revelação. Não por acreditar que aquele evento tivesse realmente acontecido, mas por conta do presente macabro que recebera há um par de meses. Conseguia conectar as duas histórias e racionalizar a visão de sua paciente, mas precisava explorar um pouco mais aquele fato, entender quão distante da realidade a mente de sua paciente andava navegando.

- Você se lembra onde foi isso?

- Não, Verena. Me lembro de olhar para seu rosto, aquele rosto deformado, faltando-lhe os olhos... E então me lembro de acordar em casa, na minha cama...

- Pode ter sido um pesadelo então?

- Não sei, Verena. Parecia tudo tão real... Mas pode ter sido um pesadelo... Ai, Verena, foi tão horrível ver aquele rosto!

- Janaína. Preste atenção nesses sonhos, nessas visões. Anote tudo que puder se lembrar. Isso será útil para a continuidade de nossas conversas. Recomendo até que carregue um bloquinho de notas contigo, para onde quer que vá, e anote tudo de interessante ou anormal que lhe aconteça durante o dia. Isso vai ajudar no esclarecimento dessas lacunas no tempo. E não se esqueça de pedir os dados do neuro à Marcela. Tudo bem assim, querida?

- Obrigada, Verena. Vou procurar esse neuro sim. E comprarei agora mesmo um bloquinho de anotações para carregar comigo. Quem diria, hein? Vou começar a escrever meu diário por recomendação de minha terapeuta!

- Não é bem um diário. São pequenas notas sobre detalhes de seu dia. Serão úteis para identificar as coisas que você se lembra e aquelas que são apagadas de sua memória.

Uma despedida um pouco menos fria que o aperto de mãos na recepção, e Janaína seguiu seu caminho. Verena tomava nota da consulta no prontuário de sua paciente, evidenciando alguns dos possíveis diagnósticos: amnésia dissociativa ou transtorno de estresse pós-traumático.

♀   ♀   ♀

É preciso falar sobre isso

O Campus Memorial da Uninove, em São Paulo, estava super movimentado naquela tarde de sábado, 17 de novembro. Era o penúltimo dia do 5º Congresso Brasileiro de Psicologia, e os holofotes estavam todos voltados a ela. Verena abordava a atuação do psicólogo em situação de violência doméstica, na fala de encerramento do simpósio sobre intervenções da psicologia em casos de violência contra a mulher.

- Dentre as mais diversas formas de violência contra a mulher, uma das mais recorrentes em nosso meio social é a violência doméstica. Não podemos desprezar a severidade e os agravos à saúde, física, social e psicológica, provocados pela violência sexual, tampouco devemos minimizar, ou até mesmo ignorar, o ambiente em que estamos inseridos e como comportamentos enraizados em nossa sociedade impactam a integridade da mulher enquanto ser humano, detentora de direitos iguais aos dos homens, mas consistentemente a elas negados. Da mesma forma, não podemos ignorar o dito popular, de que *"educação vem de berço"*. A problemática se inicia pela ausência de uma definição universalmente aceita do conceito de educação, e passa pela perpetuação da violência contra a mulher, de geração em geração, uma vez que a educação de berço nos mostra como aceitável, e até mesmo normal, que a mulher seja submissa ao homem, aceite a violência como uma forma de demonstração de amor e contente-se em subsistir, dando ao homem o privilégio de usá-la como objeto, ao invés de reconhecê-la como ser humano. A psicologia dispõe de ferramentas para tratar e minimizar os impactos à saúde mental de vítimas de violência doméstica, desempenhando um importante papel na busca pela recuperação de sua integridade física e

123

psicológica. Existe, entretanto, um limite prático ao campo de atuação da Psicologia nesses casos, visto que nós, psicólogos, atendemos a ínfima fração das milhares de vítimas diárias de violência doméstica, já que muitas das vítimas não têm condições financeiras para buscarem auxílio profissional, ou sequer têm consciência de que aquilo ao qual são submetidas se constitui em uma forma deplorável, covarde e condenável de violência. Ainda que pudéssemos atender a número maior de vítimas, estaríamos tão somente tratando as feridas, sem eliminarmos a causa das agressões. Precisamos de um projeto nacional de conscientização. Cultura não se muda da noite para o dia, tampouco educando apenas uma parcela ínfima da população. É preciso educar. Conscientizar. Passar a mensagem de forma clara, direta e constante. É preciso falar sobre isso. Diversas instituições de saúde têm buscado colocar em prática a assistência às vítimas que buscam ajuda, ou cujo nível de violência chegou àquele ponto insustentável em que se tornou caso de polícia, porque a mulher, submetida a verdadeira sessão de tortura, acabou internada em algum hospital público. A violência doméstica começa a partir dos primeiros dias de vida de cada criança que assiste à submissão da figura feminina da mãe ao poder dominante da figura masculina do pai. Daquela relação de submissão e dominância, algumas situações involuem à violência verbal, psicológica e física. Exemplos são diariamente bombardeados naquelas crianças, mostrando que enganar, fazer piadas, usar de linguagem discriminatória, diminuir, criticar, ofender, bater, manter em cárcere privado, privar de vida social, proibir o trabalho remunerado... Tais exemplos são incorporados pelo superego daquelas crianças como comportamentos normais e socialmente aceitáveis. Assim funciona a perpetuação da violência contra a mulher em nossa sociedade. Intervenções psicológicas no tratamento de vítimas de violência doméstica podem amenizar a dor e o sofrimento das vítimas, devolvendo-lhes dignidade e autoestima. Mas podemos apenas tratar os sintomas, não as causas. Faz-se necessário um conjunto de políticas públicas de educação, conscientização e divulgação, bem como posicionamento sério das autoridades e formadores de opinião, sobre o que vem a ser violência doméstica, sobre a mulher como ser humano, sobre o feminismo não como uma forma de protesto para troca do poder dominante, mas sim, como uma luta por direitos iguais, que é e sempre foi o foco de atuação do movimento feminista, tão desvirtuado por aqueles que desejam manter o status quo. É preciso mudar. É preciso provocar o debate. É preciso falar sobre isso.

Nem parecia um simpósio de profissionais de psicologia, considerada a reação do público, confirmando aquilo que Verena acabara de dissertar em sua fala. De um lado, alguns lançavam gritos e palavras de ordem, como *"ele não"* e *"Marielle"*. Do outro lado, ouviam-se poucos, mas não menos ruidosos, gritos de *"fora feminazis"* e *"petralha"*. Para sua felicidade, um rosto familiar a esperava ao fundo do auditório.

- Verena, que loucura isto aqui! Não era para ser uma discussão entre profissionais? De onde saiu essa gente doida gritando e levantando os pulsos?

- Pois é, Marcel... Isto aqui é um congresso de psicologia, e minha fala fez parte de um simpósio de cunho profissional... Mas não é por cuidarem da saúde mental de seus pacientes, que psicólogos têm suas capacidades mentais sempre em pleno funcionamento...

- Tipo assim, casa de ferreiro...

- ... espeto de pau! É isso mesmo. Infelizmente. Porque isso me entristece profundamente.

- Bom... Sobre a histeria coletiva que acabei de presenciar, não posso fazer nada. Mas, sobre a sua tristeza profunda, posso ajudá-la a pôr um sorriso nesse seu rosto...

- Desde que não fale de onde vem minha comida ou bebida...

- Prometo, Verena! Prometo não tocar no assunto de matadouros, cortes e afins! É que sua companhia me deixa tão à vontade que, por vezes, me esqueço que estou falando com uma mulher e...

- Ei, ei, ei! E o que tem a ver falar de coisas desagradáveis, no momento errado, e o fato d'eu ser uma mulher? Não aprendeu nada no simpósio de hoje, não?

- Verena, claro que aprendi! E foi por tratá-la de igual para igual que me senti a vontade para falar daquele prato da forma que falei!

- Marcel, vamos lá. Não é por ser mulher que não gosto de falar sobre como se abate um animal, como se extraem seu órgãos e *otras cositas más*... Há diversos homens que não gostariam de falar sobre isso... E o tratar de igual para igual não pressupõe que, a partir do momento em que houver igualdade, homens sairão pelas ruas de minissaia ou mulheres passarão obrigatoriamente a usar cueca e deixar os pelos das pernas crescerem. Tudo isso pode acontecer, ou não, a depender da vontade do indivíduo. Feminismo não é uma imposição de padrões. É, isso sim, a aceitação de que todos têm liberdade de escolha e igualdade de direitos e deveres, independentemente de gênero. Não é por ser feminista que quero sair pelas ruas sem camisa, seios à mostra, vomitando e defecando em foto de políticos. Aliás, nem sei se posso me denominar feminista, porque passo longe de conhecer em detalhes o movimento. Mas de uma coisa estou segura: a sociedade em que vivemos é majoritariamente machista e preconceituosa e, enquanto isso não mudar, meu trabalho será sempre pós-evento, pós-trauma. Precisamos começar a discutir, de forma séria, formas de combater as causas, ao invés de restringir nossas ações à correção pontual de pequena parcela de seus efeitos no indivíduo.

- Desculpa, Verena. Você está certa. E como você disse, essa coisa toda está tão enraizada na nossa cultura que fica muito, mas muito difícil mudar a maneira que nos ensinaram a pensar!

- Por isso tem que começar cedo, e manter-se de forma constante e repetitiva. É preciso falar sobre isso. Não podemos nos deixar calar.

- Concordo. Mas... essa conversa me deu uma fome dos infernos! Que tal a gente sair para almoçar? Sei que já são quase cinco da tarde, mas ainda não almocei...

- Tampouco eu! Estou sem almoço, foi uma correria só por aqui. Vamos sim! Vai ser um prazer!

Saindo do estacionamento, um carro cruzou sua faixa, quase ocasionando um acidente. Verena freou bruscamente, as mãos afundadas na buzina do carro. Passado o susto, olhou para Marcel e, a todo pulmão, gritou: *"Puta que o pariu! Mas tinha que ser mulher mesmo!"*

♀   ♀   ♀

Acho que ele vai pedir o divórcio...

- Estou atônita. Em choque. Completamente sem palavras. Acho que ele vai pedir divórcio... Não sei explicar, apenas sinto que chegamos a um ponto que me parece sem volta. Apesar de todo esforço em manter o casamento, o relacionamento, a harmonia entre nós... Parece-me que foi tudo em vão...

- Mas você está certa disso? Como pode ter tanta certeza a respeito? Ele te disse alguma coisa?

- Não, ele não me disse nada. Mas nem precisa. Consigo sentir no ar. No jeito que fala comigo. Na maneira que me olha, ou que evita me olhar. Tenho certeza! Nossos dias juntos estão chegando ao fim.

- E como está se sentindo?

- Como estou me sentindo? Não acredito que está me perguntando isso... Estou arrasada! Poderia estar sentindo algo diferente disso? Arrasada. Impotente. Frustrada comigo mesma. Se chegamos onde chegamos, foi porque permiti que as coisas tomassem esse rumo!

- Não se culpe tanto. Mas é importante também reconhecer sua parcela de responsabilidade nessa situação, se é que ela é real. Você diz ter culpa porque entende que poderia ter agido de formas diferentes, ou meramente por autoflagelação, o assume ter culpa apenas para sentir-se vítima de si mesma?

- Não se trata de se fazer de vítima. Trata-se, isso sim, de entender e aceitar que errei. Chega a ser uma forma de alívio até. Entende?

- Sim, entendo. Sei bem como é isso. A gente segue se enganando, fazendo o que é errado, acreditando que é o certo. Aí, quando a realidade bate à porta, a gente se dá conta de que passou anos fazendo papel de besta, que não teve coragem de encarar os fatos e ficou mascarando a realidade. Daí, quando a coisa toda estoura, a gente percebe que poderia ter feito muita coisa diferente. Dá um remorso tamanho. E depois que a gente para para refletir, vem aquela sensação de alívio. Alívio por saber que a gente sabe que fez tudo errado, mas que agora é tarde, e a gente colhe o que plantou e regou e cuidou ao longo dos anos. A gente se dá conta de que fez papel de trouxa por todos esses anos, e dá aquela sensação de leveza ao saber que, apesar de estar completamente perdida, não vai mais precisar ficar se iludindo e se machucando por não ter coragem de encarar os fatos como eram e como são. Confuso?

- Não é nada confuso! É libertador! E é lindo! Percebe? Você agora tem a liberdade de deixar de se cobrar tanto! De carregar o peso da culpa, de criar uma realidade diferente daquela na qual estava inserida, de alimentar uma ilusão que te consumia as energias e te matava aos poucos! Agora você poderá se sentir livre como há muito não sentia! Não é mesmo?

- Sim! Acho que sim! Mas sei que vai ser um baque enorme quando minhas suspeitas se concretizarem. Porque não demora muito mais para que ele peça o divórcio. Está estampado na cara dele. E, quando isso acontecer, vai ser primeiro uma sensação de impotência, um vazio existencial, uma frustração enorme. Mas aí a coisa toda se assenta, e essa minha realização virá à tona, e só então me sentirei a mulher mais livre deste mundo!

- E eu estarei contigo nesse dia, abraçando-a e apoiando-a. Não antes, no momento do vazio. Porque você precisa passar por isso. Sentir essa perda. Curtir essa dor. É como uma espécie de luto, entende? Ou você passa por isso, ou o espírito daquele que se foi atormentará suas memórias pelo resto da vida. O luto, a dor, o sofrimento, tudo isso é importante, e não há abraço ou palavra amiga que possa fazer o mesmo que o tempo de curtir a dor e deixar que ela se dissipe. E só então, quando chegar seu momento de realização, será a hora de vir e te dar um abraço. Estarei ali pra você, pra te apoiar, pra te ajudar a construir esse seu novo eu. Porque dali em diante, poderei te ajudar a reconstruir sua vida, sua autoestima, seu amor por viver. Esteja certa, estarei ao seu lado em pensamento nos momentos de sofrimento, mas serei seu par quando precisar de alguém para ajudá-la na reconstrução de sua vida. Estarei ali para você, como já esteve ao meu lado por tantos momentos difíceis da minha vida. Pode escrever aí: estarei contigo, pro que der e vier!

(As duas em prantos, soluços, um abraço apertado.)

- Obrigada, Lorena, minha filha!

- Te amo, mãe!

☿ ☿ ☿

Meus pais se separaram

- Boa tarde, Lorena. Como andam as coisas?

- Super, Verena! Super!

- Uau! Que gostoso ouvir isso! Fico feliz por você. Mas, me conta! O que aconteceu que te trouxe essa felicidade toda?

- Meus pais se separaram!

Verena ficou em silêncio. Não esperava uma notícia dessas, e não conseguiu disfarçar o espanto. Tampouco podia compreender o motivo daquele momento ser entusiasticamente celebrado por sua paciente, por mais que soubesse dos problemas de relacionamento entre Lorena e seu pai.

- Se me permite, antes de falarmos sobre você, posso lhe perguntar como está sua mãe?

- Ela está arrasada, como não poderia ser diferente.

- E você? Como se sente em relação à dor de sua mãe?

- Aí que está o motivo de minha felicidade, Verena! Aí que está o motivo...

- Hmmmmm... Não entendi. Você poderia me explicar melhor?

- É assim. Sempre que pensava no relacionamento abusivo entre meu pai e minha mãe, a forma como ele a enganava, com aquela mesma facilidade de quem engana uma criança ao se fantasiar de Papai Noel... Acho que era bem isso! Minha mãe já é bastante crescidinha para saber que aquele homem não é nenhum santo, mas como ele vivia se fantasiando de bom homem na frente dela, parecia haver uma espécie de pacto entre os dois, um pacto de mentira em prol de uma vida de harmonia fabricada. Ele fingia ser santo, enquanto ela se autoinduzia a crer naquela imagem idealizada de marido fiel.

- Mas Lorena, ainda que a felicidade pela separação de seus pais seja algo real em seu peito, não acha que sua sensação de plenitude vem ao custo do sofrimento de sua mãe, a qual você ama e sempre buscou protegê-la? Desculpe-me pela pergunta, Lorena, mas preciso perguntar, senão seria um bate-papo entre amigas, e não uma sessão de terapia, não é mesmo?

- Não tem problema, Verena. É pra isso mesmo que estou aqui. Pra entender exatamente o que estou sentindo, o porquê de estar me sentindo assim, e como isso tudo se reflete na minha própria vida à dois.

Verena abriu um leve e discreto sorriso de aprovação, como quem diz: *"Isso mesmo! Assim que gosto! Continua?"*

- Acho que minha felicidade não vem daquele bom e velho *"eu bem que te avisei"*. Não vem de mim, não vem de nenhuma pequena vitória, não vem do provar à minha mãe que sempre lhe disse a verdade, e que era o traste do meu pai que a enganava o tempo todo. Óbvio que tem esse gostinho de vitória aqui na minha garganta, mas ele não é nada comparado ao amargo na língua de ver minha mãe sofrer. Minha felicidade vem, isso sim, do fato de minha mãe agora estar livre de suas próprias ilusões. Livre para viver a vida sem ter que se submeter aos caprichos e acreditar nas mentiras de um homem sem moral e sem caráter.

- Mais uma vez, Lorena, me parece que seu discurso vem mais como uma tentativa de justificar sua felicidade que a sinceridade consigo mesma de dizer: *"estou feliz porque me sinto vingada"*.

- Não, Verena! Definitivamente não! É difícil expor em palavras o que estou sentindo. Mas acho que é um tipo de felicidade por saber que alguém que amo tem uma nova chance na vida para ser feliz, do jeito dela, ao invés de atrelar sua felicidade ilusória ao fazer de tudo para que outro alguém fosse feliz. Você me entende assim? É como saber que minha mãe está triste agora, mas é uma tristeza pela qual ela precisava passar, para então poder enxergar outros mundos, outras possibilidades...

- E como isso se reflete na sua relação com seu marido?

- Aí que está a questão central disso tudo, Verena! Aí é que reside a fonte de minha felicidade!

- Igual a felicidade de sua mãe residia em fazer o impossível para que seu pai fosse feliz, ainda que tal comportamento lhe custasse sua própria felicidade, real ou ilusória?

- Não! De forma alguma! O que percebi foi que minha mãe sofreu por todo o tempo que esteve ao lado de meu pai. Mas ela não tinha consciência daquele sofrimento, porque havia criado uma realidade ideal acerca de seu relacionamento conjugal. Ela não queria enxergar a verdade. Até que um dia essa verdade veio bater-lhe à porta, na figura de um repentino e mal-explicado pedido de divórcio. Ela sofreu, e ainda sofre. Mas isso poderá abrir-lhe um mundo de possibilidades. Basta ela querer. E isso cabe apenas a ela, ainda que queira crer que posso ajudá-la a encontrar seu caminho. Estarei ao seu lado, mas as decisões serão de responsabilidade única e exclusivamente dela.

- Ok... Mas como isso se conecta com seu relacionamento com o Lucas, seus ciúmes por vezes exagerado, sua busca contínua por indícios de uma traição que pode ser que exista tão somente na sua cabeça?

- O fato é que, ao perceber que minha mãe criava para si a ilusão de um casamento perfeito, um marido perfeito, e camuflava seu sofrimento com aquela verdade fabricada, acabei me dando conta de que tenho me iludido e criado um cenário de estresse, de vigília, de atenção aos mínimos detalhes, em busca de indícios de uma traição que, até que se prove o contrário, existe tão somente na minha imaginação. Sou a antítese de minha mãe, no que tange a criar uma verdade para mim mesma! Ela era traída e não queria ver. Lucas nunca me deu qualquer indício de infidelidade, apesar de não parar de buscar por evidências, um deslise, um vacilo. Ambas criamos nossas verdades e vivemos em nossos mundos de fantasias. Agora chegou a hora em que a verdade bateu na porta da minha mãe, e isso foi frustrante. Acredito que é chegada a hora da verdade bater na minha porta também.

- E qual é essa verdade, Lorena?

- A verdade é que sofro porque quero. Sofro porque vejo no Lucas a imagem do meu pai. E ele, aquele covarde do meu pai, não teve sequer a dignidade de explicar para minha mãe o porquê de querer o divórcio. Apenas juntou suas coisas e saiu de casa, sem dar explicações. Bastou-se a dizer que queria o divórcio, e que o advogado dele a procuraria, e que ela podia ficar com a casa. Nada além disso. Igualmente, um dia o Lucas pode fazer o mesmo. Pedir o divórcio, não explicar seus motivos, arrumar suas coisas e ir embora. Ou pode fazê-lo por ter se cansado desses meus ciúmes doentios. Ou nunca acontecer nada disso, e a gente então viverá para sempre sob o mesmo teto. Aí eu te pergunto: *"Faz alguma diferença eu ficar buscando evidências de traição?"* Provavelmente não, pelo menos não para ele, Lucas. Qualquer que seja a verdade que crie para mim mesma, ela afetará tão somente a mim. No momento que passar a afetar a vida dele, ele pode simplesmente dizer *"não quero isso para mim"*, juntar as coisas dele e ir embora. Ele não precisa sofrer por conta de minhas fantasias. A única que sofre nessa história sou eu. E agora, depois de ver o que aconteceu com minha mãe, me pergunto: *"Por quê? Por que deveria permitir-me sofrer com o incerto? Mais do que isso, por que sofrer com o desconhecido?"*

- Mas e se o Lucas estiver te traindo, e você nunca descobrir?

- Mas e se o Lucas não estiver me traindo, e eu nunca parar de imaginar que ele está?

- E se o Lucas te abandonar para ficar com outra?

- E se ele me abandonar por não me aguentar mais, eu e minhas neuras?

As duas se olham em silêncio, o mesmo sorriso discreto se abrindo, simultaneamente, entre os lábios delas.

- Lorena, minha querida. Quero saber de tudo que está se passando aí nessa sua cabecinha. Tu-do! Porque, se realmente chegou a essas conclusões, acredita nelas e tem a convicção necessária para seguir em frente, sem se desviar do caminho que parece ter traçado... Então, minha querida, posso lhe dizer que suas horas de terapia começaram a pagar seus dividendos!

As duas continuaram a conversa, Verena cada vez mais convencida que sua paciente estava no caminho certo. Não que haja realmente um único caminho para a felicidade.

Mas aquele tinha tudo para levá-la ao local onde enterraria suas preocupações e passaria a viver o aqui e agora. Mesmo que, um dia, uma de suas fantasias se tornasse real. Quando esse dia chegar, se é que chegará, ela viverá a dor daquele dia. Aqui e agora. Esse era seu estado de espírito. Esse era o caminho por ela escolhido. E era por momentos como aquele que Verena escolhera sua carreira em psicologia.

♀ ♀ ♀

Não existe momento mágico

- Mas me conta, Verena! Quer dizer que a semana veio abençoada, hein? Roberta, Lorena... Assim vai acabar ficando sem cliente, mulher!

- Como assim, Marcela? Acha que a coisa lá fora tá fácil pra saúde mental? Quem me dera ficar sem cliente, se isso fosse sinônimo do mundo ter se tornado um lugar menos insano!

- Peraí ! Uma coisa é o mundo se tornar mais simples, mais amigável, mais compreensivo e humano. Outra coisa bem diferente é sair curando quem tem dinheiro pra bancar psicólogo, ainda que tenha um bando de louco à solta!

- *"Aqui tem um bando de louco!"* – tá falando do Curintia, né?

As duas não conseguiam parar de rir, chamando a atenção dos clientes que esperavam, sentados, pelas suas consultas com outros profissionais que atendiam na clínica.

- Mas agora sério, Marcela. Tem dois conceitos muito importantes aqui. Quer ouvir?

- Claro! Me conta! Adoro aprender tudo sobre esse seu mundo chique da terapia!

- Não é chique não, Marcela. Quem me dera fosse chique... Tem horas que chega a ser perturbador, isso sim! Sabia que tenho meu próprio terapeuta?

- Como assim, mulher? Terapeuta precisa de terapeuta? Você sabe de um tudo sobre a mente, mas precisa pagar pra alguém cuidar da sua?

- É, Marcela! É assim mesmo! Posso até saber "de um tudo" sobre a mente, o que é um baita d'um exagero, mas vamos lá... Não tenho as chaves que abrem minha própria mente. É preciso conversar, me abrir, me expor aos ouvidos atentos de um terapeuta que não esteja emocionalmente envolvido com meus problemas, minhas dúvidas, minhas neuras... Essa isenção, esse olhar independente, de quem está fora das situações cotidianas que nos afligem... Esse é o diferencial do terapeuta, além do seu conhecimento e estudo da psicologia! É muito difícil enxergarmos nossos próprios problemas e encontrarmos soluções para eles, quando estamos imersos em pensamentos pré-concebidos sobre sua origem, seus impactos e os culpados. E não é que acabamos sempre pondo a culpa nos outros?

- Entendi, Verena. Entendi. Então psicológico precisa de psicólogo... Não conta isso para as suas pacientes não, tá! Senão elas vão pedir o contato do seu terapeuta e vão te abandonar! Tipo: *"Se a Verena vai nele, o cara deve ser bom mesmo! E vai que, além de tudo, ele é gato?"*

- Primeiro, ele não é gato. Gato é seu irmão, mas não conta pra ele não!

- Aí sim! Cunhadinha fiel! Gostei.

- Cunhadinha é o cu, tá bem? Pode parar com isso! Mas de volta ao assunto, antes que essa conversa degringole por completo... O primeiro equívoco é acreditar que haverá um momento mágico, aquele momento de realização do indivíduo, quando todas as suas dúvidas e inseguranças desaparecerão magicamente, e sua existência neste mundo passará a fazer total sentido. Quando tudo ficará claro, todas as respostas estarão ali, bem na sua frente, e o terapeuta poderá dar alta àquela mente outrora conturbada, mas que finalmente encontrou a luz. Esse momento não existe. Ou melhor, não de forma mágica, imediata, como uma espécie de *"a-há!"*

- Você está me dizendo que nossa saúde mental, uma vez deteriorada, não tem mais cura? Que traumas, depressões e o que mais quer que você trate ali no seu consultório... Na verdade, você não trata é nada? Fica ali, só no bate-papo, tentando pôr panos quentes para aliviar a dor que nunca irá passar por completo?

- Não, Marcela. Não é bem isso. Terapia traz resultados, mas não faz milagres. Quer entrar em uma sala, conversar por cinco minutos e sair curada? Do outro lado da rua tem uma igreja que o pastor expulsa o demônio da depressão assim ó, rapidinho! Mas vai custar mais caro que minha terapia, pode crer! E tampouco vai dar muito certo... Falando sério, não se pode esperar que a terapia faça milagres. Não é porque Roberta disse ter encontrado a paz no relacionamento com seu pai, ou que Lorena disse ter aprendido como separar as coisas, e que seu pai não é seu marido, e que construir verdades é tão inefetivo quanto enxugar gelo... Não é porque me disseram isso, e para mim essas realizações já são enormes vitórias! Não é porque me disseram isso uma vez que já posso dizer *"Vai! Apenas levanta e vai! Você está livre de seus problemas! Você é agora uma mulher livre e consciente de seu real valor!"*. Não dá pra concluir nada ainda, Marcela! Celebrar, sim. Estão curadas? Devagar com o andor...

- Minha avó sempre dizia isso! *"Devagar com a dor..."*

- Não é *"devagar com a dor"*, é *"devagar com o AN-DOR"*!

- Andor? Que diabos é isso?

- Andor é aquele negócio que usam em procissões pra carregar a imagem de santos, sabe? Vai uma pessoa em cada braço de madeira, tem uma espécie de mesinha e a estátua do santo vai por cima de tudo, normalmente rodeada de flores... Então, aquilo é um andor.

- E que diabos isso tem a ver com a expressão popular?

- Diabos? Nenhum! É pra carregar santo, não pra levar o capiroto pra passear! Acontece que a expressão completa é *"devagar com o andor, que o santo é de barro"*. Tipo, não vai muito depressa, porque se o santo cair, ele vai se partir em cacos. Significa ir com cuidado, com cautela, sem pressa desnecessária. O que não faria sentido se fosse *"devagar com a dor"*, não é mesmo?

- Claro que faria sentido! Você já fez tratamento de canal? Tudo que você quer é que o dentista vá devagar com a dor! Nada de vir assim, de supetão, aquela dor insuportável... Credo! Não gosto nem de me lembrar!

- Mesmo no caso do dentista, ainda ia preferir que fosse bem rápido com a dor e acabasse com aquilo logo!

- É. Pensando dessa forma...

- Então... Ninguém fica curado assim, num passe de mágica. É preciso cautela. Ainda tenho muito o que conversar com essas meninas. Mas foi uma vitória enorme até aqui. E vitórias, grandes ou pequenas, foram feitas para serem celebradas, não é mesmo?

- Com certeza! Odeio essa gente chata que só sabe comemorar grandes conquistas. Chegar no consultório no horário, todos os dias, com o trânsito caótico de São Paulo, e sem ser assaltada no busão... Isso aí eu comemoro todo santo dia!

- Verdade, Marcela! Tem que comemorar mesmo! E já sabe que, se chegar atrasada, vai tomar xingo e não adianta culpar o trânsito!

- Você já foi hoje? Ainda não?

Verena a observa com a maior cara de *"vai você"*.

- E qual a segunda coisa? Achei interessante essa do andor... Me conta mais segredos da profissão? A-do-ro!

- Posso contar uma historinha antes? Vai ajudar a entender melhor este conceito.

- Conta, conta!

- Tem um escritor americano, Joseph Heller... Ele escreveu um livro intitulado Ardil-22. É uma crítica aos absurdos da Segunda Guerra Mundial. Um dos personagens, o piloto Yossarian, queria abandonar a guerra e voltar para casa. Havia uma regra que permitia o retorno antecipado em caso de insanidade mental. Para tanto, bastava ao combatente preencher um formulário, no qual atestaria sua condição. Ao fazê-lo, entretanto, oficiais argumentavam que alguém mentalmente instável não teria a lucidez necessária para preencher um requerimento como aquele, muito menos para atestar sua própria insanidade. Portanto, apenas quem estivesse em posse de suas plenas capacidades mentais iria pedir para abandonar a insanidade que era aquela guerra e, assim sendo, o requerente teria todas as condições necessárias para continuar servindo seu país na guerra. Esse era o paradoxo.

- Acho que entendi... Tipo assim, se você está louco, não vai se declarar louco. Apenas alguém em plenas condições mentais o faria e, portanto, ninguém conseguia voltar para casa se declarando louco. É isso?

- Bem por aí, Marcela! E esse princípio se aplica a várias coisas em nossas vidas!

- Tipo...?

- Tipo saúde mental individual e saúde mental coletiva. Nossa sociedade está mentalmente doente! Ainda que pudesse curar todas as pessoas que têm condições de pagar por terapia, uma enorme multidão sem recursos continuaria sofrendo dos males da mente!

- Tá, tudo bem. É o mesmo que dizer que, como tem gente passando fome no mundo, minha fome não passará ao me alimentar! Isso não faz sentido! Cada um é cada um!

- Mais ou menos, Marcela. Se pensarmos no seu exemplo, a fome. Sim, quando você come, sua fome passa. Não a de milhões de pessoas mundo afora, mas a sua, e tão somente a sua. Você saciou sua fome, mas não saciou a fome do mundo. Aqueles que não têm o que comer, começarão a lutar pela própria sobrevivência, o que inclui atos como roubar e matar, ainda que em um continente longe do seu. E mesmo que, por aqui, a violência ocorra por motivos por vezes mais fúteis e menos essenciais que um simples prato de comida. Não é a natureza do crime que quero discutir, mas sim o efeito em cascata do meio ao indivíduo.

- Pode parar, Verena! Isso tá me parecendo discurso de socialista! Você é da turma do MST, mulher?

- Não, Marcela! Não! Tudo bem, vamos esquecer a história da fome. A coisa ficou complexa demais. Vamos direto ao assunto central: saúde mental. Se apenas uma pequena parcela da sociedade for mentalmente sã, sempre haverá o risco dessas pessoas psicologicamente saudáveis serem "contaminadas" pelo ambiente no qual vivem, e voltarem a desenvolver doenças de natureza psicológica. Pensa se tivesse uma chefe mala, daquelas bem ranzinzas. Sua vida seria um pesadelo aqui na clínica, não seria?

- Já tenho uma chefe mala, e ela consegue me deixar emocionalmente abalada, todo santo dia...

- O quê?

- Brincadeira, mulher! Brincadeira! Entendi seu ponto, sim! A sociedade está doente, o que torna nossa luta por saúde mental cada dia mais difícil!

- Isso mesmo! Entendeu direitinho!

- Só não engoli essa história da comida... Fala a verdade, Verena. Você vota no PSOL, não vota?

- Ah, quer saber? Vai se foder, Marcela! Vou voltar pro meu consultório que já, já, chega paciente pra próxima sessão.

- Esquerdissssss-taaaaaa! Hahahahaha...

Nisso, Marcela olha para a sala de espera e vê uma jovem, na casa dos trinta anos, fuzilando-a com o olhar. Camiseta *baby look* branca com a silhueta de Manuela d'Ávila em vermelho, um adesivo de "Lula Livre" colado do lado esquerdo do peito.

"Por isso é sempre mais seguro observar o entorno antes de falar merda..." – pensou, enquanto disfarçava e fingia checar algo no computador.

♀   ♀   ♀

Apreensão, prisão e reflexões

"Exclusivo. A Polícia Federal do Espírito Santo efetuou a maior apreensão de cocaína na história do Estado, e a segunda na história do Brasil. A droga seria exportada para a Europa. A reportagem é de Fernanda Gutierrez."

"A Polícia Federal do Espírito Santo apreendeu, na tarde desta terça-feira, mais de três toneladas de cocaína. A droga estava escondida no barracão de uma marina particular em Vila Velha, no litoral do Estado. A operação foi deflagrada a partir de denúncia anônima, reportando movimentações no barracão que, por anos, esteve desativado. Junto com a droga, avaliada em mais de três bilhões de reais, a polícia efetuou prisão em flagrante do traficante Leonardo Fraga, foragido há cerca de um ano."

- Esse aí não é o marido da sua paciente?

- Chiu! Deixa eu ouvir!

"A polícia investiga eventual envolvimento do traficante no desaparecimento de seu advogado, Josias Montserrat, há pouco mais de dois meses. O suspeito nega envolvimento no crime."

- Ai. Meu. Deus.

- Que foi, Verena?

- Você não ouviu não?

- Ouviu o quê? Que prenderam o marido da Christiane?

- Não! Quer dizer, também! Estou falando do advogado!

- Não, não ouvi não. Que é que tem?

- Josias Montserrat. Mont-ser-rat.

- Ai meu Deus! Esse não é o pai da Janaína?

- O próprio, Marcela. O próprio.

- E por que cargas d'água a polícia foi ligar os pontinhos só agora?

- Talvez porque não soubessem quem era o advogado do Leonardo... Ou porque as investigações seguiam em sigilo... Sei lá por quê! Sei lá... O que sei é que é melhor ligar pra polícia...

- Por que, Verena? Tá louca, mulher? A vida privada de suas pacientes não tem nada que ver com esses casos de polícia!

- A vida delas não. Mas e nosso computador hackeado? E aquele pacote horrível que mandaram para mim? Pensa comigo. O J. na assinatura do pacote talvez não fosse de Janaína, mas de Josias. E aqueles caracteres em chinês, japonês, coreano, sei lá... Talvez tenha algum motivo de ser, e que passou despercebido até agora!

- Verena, o que está fazendo, perdendo seu tempo aqui na clínica? Vai trabalhar na polícia forense, mulher!

- Na forense posso até ajudar a encontrar culpados. Prefiro aqui, onde os culpados estão sentados, bem na minha frente. Só preciso fazê-los enxergar a verdade.

- Credo, Verena! Acha mesmo que é pra falar assim das pessoas?

- Pessoas carregam culpas, Marcela. Milhares de culpas. Sejam elas reais, sejam elas imaginárias. Sejam elas transferidas a terceiros, sejam elas indevidamente internalizadas. Nada disso realmente importa. O que importa é que somos culpa. Meu trabalho é transformar esse sentimento em aceitação. Mas, neste exato momento, meu trabalho é ligar para a polícia e contribuir como puder. Você liga pr'aquele investigador que esteve aqui pra retirar o computador e transfere lá pra minha sala, querida?

♀ ♀ ♀

Incômodo demais estar aqui com vocês

"Sabe o que mais odeio nas segundas-feiras?" – perguntou a uma senhora, sentada ao lado dela, na sala de espera da DHPP. *"Elas próprias. Inteirinhas. Sem pôr nem tirar."*

A senhora olhou para Verena por um instante, logo voltando seus olhos para as páginas de um exemplar qualquer da revista Redação Policial, a única publicação disponível naquela minúscula e desconfortável sala. Indiferente àqueles sinais não verbais, Verena prosseguiu com seu desabafo, mesmo que fosse vocalizado apenas para si mesma.

"Muita gente odeia segunda-feira por ser o primeiro dia após um final de semana. A vida da maioria da população é nada além disso: sobreviver de segunda a sexta, se perder da noite de sexta à madrugada de sábado para domingo e passar o domingo na cama ou no sofá. Outros a odeiam por conta do contraste entre a tranquilidade do domingo e o trânsito infernal da manhã de segunda. Há também aqueles que não conseguem enxergar nada de especial, nada de excitante na rotina previsível das segundas-feiras. E tem eu, aquela que odeia segunda-feira pelo simples fato de ser uma segunda-feira. Não tem nada de racional, não tem desculpa, não tem necessidade de inventar pretextos. Odeio segundas-feiras porque são segundas-feiras. Não precisa mais que isso. Ponto." – concluiu Verena, olhando para suas próprias mãos, apoiadas em seus joelhos. Não queria olhar para aquela senhora uma vez mais, apenas para perceber que falava sozinha, visto que a atenção de sua companheira de sala de espera estava em qualquer outro lugar que não fosse próximo a seus devaneios filosóficos.

"Também acho segunda-feira um porre!" – comentou aquela senhora, para surpresa de Verena, sem tirar os olhos das páginas da revista Redação Policial.

"Verena Pacelli." – chamou um jovem, apenas parte do corpo projetado pela estreita passagem de uma porta semiaberta. Verena seguiu-o pelos corredores escuros daquela delegacia, apenas para encontrar, na mesma sala, dois investigadores da polícia civil, além de Janaína Montserrat e Christiane Fraga.

- Mas o que está acontecendo aqui? Por que estamos as três na mesma sala? E por que diabos querem fazer uma acareação entre a gente?

- Calma, Dona Verena. Está tudo bem, e isto não é uma acareação.

- E três pessoas em uma sala, com dois investigadores de polícia fazendo perguntas, vocês chamam isso de quê? Chá da tarde com bolinho de chuva?

- A senhora pode se acalmar por um minuto, Dona Verena?

- Não vejo motivos para me acalmar e não sou dona! Para de me chamar de Dona Verena! É Verena e pronto! E não falo mais nada sem meu advogado!

O policial suspirou profundamente, e então esclareceu a situação.

- Verena. É pra te chamar de Verena, certo? Então. Verena, Christiane, Janaína. Nenhuma de vocês é suspeita de nada, e não estão aqui para serem interrogadas. Mais importante, isto não é uma acareação.

- E o que é isto então, senhor investigador?

- O senhor investigador aqui tem nome, e se chama Felipe. Felipe Alcantara. E este meu colega é o Fernando Setti. Chamamos as três à delegacia em busca de ajuda. Acreditamos existir alguma conexão entre Leonardo Fraga e o desaparecimento de seu advogado, Josias Montserrat. Qualquer informação que pudermos obter de vocês terá o potencial de nos auxiliar nos trabalhos de busca pelo Doutor Montserrat. Acreditamos que Leonardo está envolvido em seu desaparecimento, embora ele o negue veementemente. Ao combinarmos detalhes conhecidos por cada uma de vocês, talvez tenhamos mais detalhes para nos guiar às respostas que estamos buscando. Está mais claro agora?

As três trocaram olhares, movendo lentamente as cabeças, em sinal de concordância. Christiane tomou a liderança em responder pelo grupo.

- Por mais difícil que seja para mim, a verdade é que passei anos ao lado de um bandido, mentiroso, que tinha uma carreira promissora, mas que resolveu trocar a felicidade de sua própria família pelo lucro fácil. Escondeu de mim e de nossa filha essa vida paralela por sabe-se lá quanto tempo. O Leo sabe mentir, por isso não posso simplesmente acreditar que, desta vez, esteja falando a verdade ao declarar-se inocente, no caso do desaparecimento do pai da Janaína. É difícil para mim dizer isto mas, depois de todos esses anos de mentiras, acredito que o Leonardo seja capaz de qualquer coisa, e fará o possível e o impossível para manter seus segredos mais sórdidos escondidos do resto do mundo. O Leo me parece ser capaz das piores atrocidades. Inclusive encomendar o sequestro de seu próprio advogado de defesa, porque talvez ele, o Doutor Montserrat, saiba demais sobre seus negócios escusos.

- Christiane, você manteve contato com seu marido no período em que esteve foragido?

- Não mantive contato, no sentido de não tê-lo visto ou falado com ele com frequência. Mas ele me ligou, sim. Algumas vezes. Umas quatro vezes ao longo de uns dois meses, diria.

- E quando foi o primeiro contato?

- Foi há cerca de dois meses. Ele não disse onde estava, tampouco me deu qualquer número de contato ou outra referência que indicasse sua localização.

- E por que não reportou o ocorrido à polícia?

- Ei! Primeiro disseram que isto não era um interrogatório, e agora ficam questionando as ações de minha paciente?

- Verena, aqui você não é a psicológica delas. Você é uma mulher que, como elas, sofreu e continua sofrendo, de alguma forma, com todos esses infortúnios. E não estamos interrogando-as, de forma alguma. Christiane não era obrigada a relatar suas conversas com seu marido, mas poderia tê-lo feito.

- Mas ela não o fez, e não cometeu crime algum ao não fazê-lo. Portanto, sua pergunta é completamente impertinente, e a Christiane não precisa respondê-la.

- Calma, Verena. Está tudo bem. Não tenho problema algum com essa pergunta.

- Mas deveria. A justiça anda tão confusa que, para esta conversa esclarecedora virar depoimento e confissão de culpa, é um pulinho! Acho até que deveríamos nos calar, as três, até que estejamos acompanhadas de nossos advogados!

- Verena, é seu direito, e direito de cada uma de vocês, na verdade, estarem acompanhadas de seus advogados nesta nossa conversa. Uma pena, entretanto, continuarmos protelando as investigações por conta de algo totalmente dispensável. Lembre-se, estamos falando do pai de uma de suas pacientes aqui presente, desaparecido há mais de dois meses! Trata-se de uma vida em jogo, Verena! Mas sinta-se à vontade! Se quiser, podemos suspender os trabalhos até que tenhamos seu advogado presente. Para tanto, formalizaremos esta nossa conversa e toda informação compartilhada passará a fazer parte da investigação. A escolha é toda sua, Verena.

- Fique à vontade, Verena. Não vai fazer diferença nenhuma mesmo! Ou alguém aqui nesta sala ainda acredita que, depois de dois meses desaparecido, meu pai ainda possa estar vivo? O Doutor Montserrat está morto! Mor-to! Vocês entendem isso? Podemos atrasar as investigações o quanto for preciso para que todas aqui se sintam à vontade para falar, caso o único motivo para a pressa seja essa esperança estúpida de que aquele velho ainda esteja respirando!

Todos olhavam para ela, chocados com as declarações de ódio disparadas pela Janaína. Exceção feita à Verena, que conhecia o histórico de sua paciente, a relação conturbada com seu pai, as palavras de Janaína soavam como uma espécie de confissão de culpa.

- Felipe, Fernando. Posso falar com vocês a sós?

Saíram por um momento os investigadores e a psicóloga.

- Sei o quanto choca ouvir de uma filha uma declaração como aquela, o quanto isso pode parecer uma confissão de culpa no desaparecimento do pai dela. Mas não podemos perder de vista a carga de estresse à qual essa garota foi submetida nos últimos meses! Falando como psicóloga, posso dizer-lhes que muitas pessoas preferem assumir o pior a alimentar esperanças. Trata-se de uma forma de autoproteção e autopreservação da sanidade mental. Negar a potencialidade de uma tragédia é, por vezes, mais dolorido que simplesmente assumir que o pior tenha ocorrido.

- Verena, já vimos esse evento que está descrevendo por aqui, por diversas vezes. Não é a primeira vez que temos um familiar de pessoa desaparecida assumindo que seu ente querido está morto, para então cair aos prantos ao concluírmos nosso trabalho e encontrarmos o indivíduo, vivo ou morto. A felicidade de quem busca por alguém desaparecido está no ato do reencontro. Se a pessoa estiver viva, melhor. Mas se não estiver, pelo menos a agonia da busca chegou ao fim.

- Ah, que bom que vocês me entenderam!

- Espero apenas que você também nos entenda. Primeiro, entenda que as palavras de Janaína a colocam em uma posição delicada, e devemos explorar eventuais conexões dela com o desaparecimento de seu pai. Pode ser reação ao estresse, como pode não sê-lo. Segundo, cada segundo de espera é um martírio para familiares. O final da busca é mais importante, para o emocional dos entes queridos, que o fato do desaparecido ser encontrado vivo ou morto.

Verena deu um longo e profundo suspiro e, voltando o olhar para o chão, concluiu: *"Está bem. Vamos continuar nossa conversa. Não tenho nada a esconder, não devo nada a ninguém, não tenho culpa nessa história, não preciso atrasar as buscas por mero capricho de minha parte."*

A conversa se seguiu por horas a fio, levando as três à exaustão. Verena, especialmente, se sentia impotente frente àquela situação. Sentia-se realmente mal por ter cedido à pressão psicológica da polícia, que apelou para o fator emotivo para conseguir o que queria, no tempo que queria. Também se sentiu pressionada pela declaração de Christiane, que demonstrava sua impotência frente aos fatos, como quem sucumbe à verdade, por não ter mais forças para lutar. Mas o que mais lhe incomodava era o conflito entre querer ajudar Janaína e vê-la comprometendo-se com declarações ácidas contra seu pai.

O trajeto de volta a seu apartamento foi uma constante luta contra as lágrimas que insistiam em encharcar seus olhos e ofuscar sua visão. Bastou fechar a porta para libertar seus sentimentos. Afogou-se em seu próprio choro e em uma garrafa de vinho tinto. Num movimento brusco e descuidado, derrubou a taça com a mão esquerda, manchando o pouco que restava de sua autoestima, depois daquela incômoda segunda-feira, recheada de memórias que, caso pudesse, seriam apagadas por completo. Naquelas circunstâncias, talvez o vinho fosse a única companhia que compreendesse perfeitamente sua dor e frustração.

♀ ♀ ♀

Cansei de ser mulher de bandido!

O quarto escuro, absolutamente nenhum sinal de luz. Não era possível enxergar nada ao seu redor. Exatamente o que era preciso naquela manhã. Se um ponto de luz sequer aguçasse seu olhar, esse certamente se movimentaria em círculos. Seu mundo insistia em girar, impulsionado pelo estresse e pela garrafa de vinho da noite passada. *"Por que diabos fui tomar uma garrafa sozinha?"* – essa era a pergunta que insistia em martelar em sua cabeça, no mesmo ritmo de sua incômoda pulsação sanguínea. Seu mundo em movimento, a cabeça a ponto de explodir, e enfim uma luz.

Podia ver e reconhecer aquela silhueta, mesmo que se seguisse em total escuridão. Naquela manhã, sua entrada sem aviso prévio parecia vir acompanhada de luz própria. Conhecia muito bem o dono daquele corpo bem trabalhado, podia sentir seu cheiro amadeirado. Imaginava o toque de suas mãos em seus cabelos molhados, antes mesmo de ter aquele corpo nu debruçando-se sobre o seu e tomando-a em um beijo. Não se lembra como, mas lá estava ela, nua, em um abraço com aquele corpo que tanto desejava. A luz invadia o quarto, como se holofotes estivessem estrategicamente direcionados para o palco daquele espetáculo matinal. Os corpos seguiam seus ritmos de maneira deliciosamente sincronizada. As luzes agora lembravam uma pista de dança, piscando e alternando-se em cores e intensidades. Sentia o clímax chegar sem pedir licença, da mesma forma que aquele corpo que invadira seu quarto, seu corpo, sua alma. Arcava sua cabeça para trás, contorcendo seu corpo como uma serpente, sua curvatura projetava seus seios para perto de seu amante, as pernas levemente dobradas, as pontas dos pés esticadas. O ritmo seguia em passo acelerado, tal qual sua respiração e as luzes pulsantes. Os corpos pulsantes. Gemidos ganhando intensidade, um grito preso na garganta. E, de repente, tudo para. O mundo para. Seus olhos assustados se abrem.

O que se seguiu foi uma sequência descontrolada de libertação. Tudo que estava preso em sua garganta, sufocando-a, torturando-a... Tudo aquilo veio à tona, em um forte e descontrolado impulso. Já não havia mais Marcel. Não havia holofotes, muito menos corpos nus. Havia apenas ela em seu pijama, e um cheiro insuportável em seu quarto. Seu nariz ainda respingava. Acendeu a luz do abajur e, para onde quer que olhasse, via cor de sangue. *"Maldito vinho barato!"*

(...)

- Bom dia, Verena! Perdeu a hora, foi?

- Perdi foi o juízo, isso sim! Que falta que faz uma mãe por perto, viu...

- Foi pra balada ontem, é?

- Fuuuui... Fui pra balada do caralho à quatro e pintei o quarto de vermelho, isso sim!

- Credo, Verena! Como assim!

- Deixa pra lá , Marcela. Deixa pra lá... Só me dá uma boa notícia e me diz que minha manhã vai ser tranquila, vai?

- Super tranquila, Verena! Tem só uma paciente daqui meia hora: Christiane Fraga...

- Sou larga mesmo! Me dá um Advil então e me deixa quietinha lá na minha sala até a Christiane chegar, tá bem?

A ansiedade em saber que iria rever Christiane naquela manhã, poucas horas depois daquela longa e exaustiva segunda-feira, colocava-a em posição bastante delicada. Não se sentia totalmente segura a respeito de sua independência afetiva para continuar prestando-lhe seus serviços. Por outro lado, não queria abandoná-la num momento tão complicado quanto aquele que atravessava. Na dúvida, resolveu dar ao caso Christiane uma chance a mais, mas considerava seriamente a necessidade de reavaliar sua relação profissional com sua outra paciente envolvida nesse emaranhado de emoções, Janaína.

- Muito obrigada por ontem, Verena.

- Que é isso, Christiane! Não fiz nada demais pra me agradecer!

- Fez sim, Verena! Fez, e muito! Você abdicou de seu direito de ter um advogado presente na DHPP, tudo para acelerar o andamento das investigações. E tudo que mais quero nesse mundo é que esse pesadelo todo chegue ao fim, e logo!

- Te entendo, Christiane. Deve ser tão difícil para você e sua filha quanto para a Janaína...

- Mais ainda para a Janaína, arriscaria dizer! Viu como ela está mal? Já assumiu o pior para não se decepcionar mais tarde, coitada...

- Christiane, posso te pedir um favor? Não vamos falar da Janaína não, tudo bem? Sei que estávamos juntas naquela sala, estamos as três juntas nessa, mas ainda há uma relação profissional a zelar. Não me sinto à vontade, e na verdade nem posso, tecer comentários, quaisquer que sejam, sobre o estado emocional de minhas pacientes...

- Tudo bem, Verena. Tudo bem. Mas podemos falar do meu próprio emocional, não é mesmo?

- Claro! É pra isso que veio até aqui, certo?

- Certíssimo! E o dia de ontem me trouxe uma surpresa mais que agradável, ao chegar em casa, depois daquela tortura que foi nossa pseudo-acareação na DHPP...

Verena rapidamente desligou-se do desconfortável mundo de suas memórias, da lembrança daquelas horas em uma sala abafada de uma delegacia, do delicioso sonho pela manhã, que fora abruptamente interrompido pelos efeitos indesejáveis de excessiva ingestão alcoólica na noite anterior. Sua atenção voltou-se totalmente para ela.

- A Sofia estava dormindo quando cheguei, mas acabou acordando quando fui ao seu quarto dar-lhe um beijo de boa noite. Me perguntou como foi meu dia, e contei-lhe que estive na delegacia, e que falei com o pai dela... Não escondi absolutamente nada dela em nossa conversa, e ela demonstrou força e maturidade muito superior àquela que esperaria de uma garotinha de apenas seis anos! Juntos, concluímos que o ódio que sinto pelo Leo não se justifica. Pelo menos não como ódio. Temos, ela e eu, todo o direito de nos sentirmos traídas, enganadas, ludibriadas. Mas não há por que deixarmos esse ódio nos corroer por dentro, como se tivéssemos qualquer tipo de culpa por quem o Leonardo se tornou. Não! Ele é livre e, apesar de dizer que fez o que fez sempre pensando em nós duas, a verdade é que sempre agiu em causa própria! Se há uma coisa que ambas sentimos por ele, essa coisa se chama pena. Temos pena dele, de suas decisões equivocadas, do caminho que tomou e do fato de jogar para nós a responsabilidade que é só dele...

- Mas como foi que isso aconteceu? Assim, como foi que sua filha chegou a tamanha realização acerca do pai? Ou está me contando aquilo que você concluiu após a conversa franca que teve com ela?

- Foi um pouco dos dois, Verena. Ela me ajudou a refletir, fez colocações extremamente maduras sobre a situação como um todo, e então passei a noite em claro, pensando e repensando sobre as lições que devo tirar de todos esses acontecimentos. E sabe o quê? Resumindo em uma única frase, minha certeza é esta: *"Cansei de ser mulher de bandido!"* Quero ser mulher e mãe, sem precisar associar-me aos erros dele! Existe uma vida com o antigo Leonardo, que talvez nunca tenha existido de fato, e a vida atual, na qual mãe e filha continuam as mesmas, independente do Leo que um dia conhecemos e pelo qual nos apaixonamos. Foi ele quem decidiu nos deixar. Agora decidimos que não precisamos desse novo Leonardo, o bandido, fazendo parte das nossas vidas. Somos nós duas, e toda uma vida de verdades, franqueza, apoio mútuo e oportunidades infinitas pela frente!

- Mas que tipo de coisa ouviu de sua filha, Christiane? Gostaria de entender o que ouviu dela, e como processou suas palavras até chegar à realização que acabara de compartilhar comigo.

- Contei pra ela que estive com o Leo, que a polícia confirmou que ele não teve nada que ver com a invasão no computador da clínica, até porque a perícia comprovou não ter ocorrido qualquer invasão... Foi tudo uma grande coincidência a escuta telefônica plantada por ele em meu celular e o problema técnico no computador daqui da clínica. Desta vez, Leo dizia a verdade, e a polícia técnica pôde comprová-lo. Quanto ao desaparecimento do pai da Janaína, ele diz não ter envolvimento com o ocorrido, e não que acredite plenamente nele, mas tampouco tenho motivos para duvidar. Não há por que assumir que esteja mentindo sobre isso, e não me importa se ele mente ou não. A mentira derradeira foi aquela que nos enganou, Sofia e eu, e nos pegou de surpresa há algum tempo. Qualquer outra mentira dele, depois daquela, diz respeito a ele, e tão somente a ele. E que não dependemos mais dele, e que o antigo Leonardo não existe mais, e precisamos aprender a viver sem ele. E foi aí então que ela disse: *"Mamãe, a gente faz assim, ó. A gente guarda no coração o antigo papai e as coisas boas que a gente viveu com ele, e continuamos juntas, eu e você, daqui pra frente até o infinito! Esse homem ruim que fez esse montão de coisas feias não é o papai que conheci. Aquele papai legal um dia quis ir embora e foi. Agora a vida é eu e você, e estou aqui sempre que quiser um abraço meu, tá bem, mamãe?"*

Christiane caiu aos prantos antes mesmo de terminar de contar sua história. O fez com muito esforço, até que não tinha mais condições de falar. Queria apenas chorar. Deixar aquele peso todo deixar seu corpo, rolando junto às lágrimas que borravam sua leve e discreta maquiagem. Verena apenas respeitou aquele momento de libertação, ela própria sentindo-se melhor ao perceber que, sim, Sofia tinha tecido comentários extremamente maduros para sua pouca idade, mas que grande parte das conclusões vieram das reflexões de sua paciente. Ainda sim, preocupava-lhe o emocional da menina, mas não tinha a menor habilidade para lidar com crianças. Antes que Christiane deixasse o consultório, recomendou-lhe que pedisse na recepção o telefone de uma psicóloga especializada no tratamento de crianças. *"Ela precisa muito de seu amor de mãe, Christiane."* – e um forte e sincero abraço antes da despedida.

Colocando as ideias em ordem

Marcela, querida! Não aceita encaixe pra hoje à tarde não, tá bem? Deixa eu quietinha aqui na minha sala que tô precisando de um tempinho pra me organizar... Vou pular o almoço... Melhor! Pede um delivery do Nakka pra mim, pede? O de sempre... Mas no lugar do edamame, pede um ceviche de entrada? O resto fica tudo igual... Obrigada, querida! O que seria de mim sem você, hein?

Vamos lá, Verena Pacelli! Vamos lá! Hora de respirar fundo, esvaziar a mente e se concentrar no trabalho. Tem muita coisa atrasada, por conta desses imprevistos dos últimos dias. É aquela coisa, a gente vai deixando coisas de lado e, quando nos damos conta, não temos mais como sair da montanha de entulho que acumulamos na nossa cabeça. Verena, chegou a hora da faxina, queira você ou não!

Que tal começar pelo caso mais fácil? Roberta Medeiros. Roberta, Roberta, cadê você...? Deixa eu ver... Aqui está!

Roberta parece ter finalmente encontrado a paz no relacionamento com seu pai, após anos de conflito entre suas atitudes e seus sentimentos. Isso se deu ao deixar de lado a pressão que impunha a si mesma, tentando entender os motivos pelos quais cuidava de seu pai, apesar de todos os abusos cometidos por ele durante sua infância e adolescência. Ao simplesmente aceitar que aquilo era algo que queria e podia fazer, colocando em prática as suas regras e normas e dando a ele a opção de aceitá-las ou então mudar-se para outro lugar qualquer, Roberta elevou-se como indivíduo e recuperou sua autoestima. Lembra-me o maravilhoso trabalho de Karen Horney, que desafiou a teoria freudiana e estabeleceu o que hoje conhecemos como psicologia das mulheres. Pois é, mestre! Por mais que tenha muito a agradecê-lo, seu trabalho talvez não seja assim tão à prova de questionamentos, especialmente quando vem e diz que nós, mulheres, temos inveja do pênis. Desculpa aí, Tio Sigmund, mas uma coisa é gostar, outra coisa bem diferente é invejar... Ponto a menos pra você, velhinho...

Mas voltando à Roberta... Acredito que o caso dela está muito próximo de dar-se por resolvido. Preciso revê-la algumas vezes mais, buscar certificar-me de que sua libertação não se deu de forma impulsiva e que, sim, ela foi e continuará sendo capaz de manter seus pés firmes no chão e suas regras em vigor. E o melhor de tudo é que ambos agradecem, porque esse posicionamento firme, porém leve, acabou por desenvolver uma forma de relacionamento nunca antes vista entre pai e filha. Os irmãos? Pouco me importam, pra ser bem sincera. Roberta estando bem consigo mesma e levando essa nova fase de sua vida de forma positiva, isso é o que interessa para mim. A irmã mais velha e o irmão caçula são problemas dos terapeutas deles. Ponto.

Aí temos a Lorena Martins, esposa do Lucas, filha do Seo Adélio e da Dona Flor. Tudo que aprendeu na infância pode ser resumido em duas verdades socialmente construídas: nunca acredite na fidelidade dos homens, tampouco deixe transparecer sua dúvida sobre a conduta deles. Esse era o conflito que atormentava sua mente até há muito pouco tempo. De um lado, sabia da conduta condenável de seu pai. Do outro, sofria com a insistência de sua mãe em não lhe dar ouvidos. O padrão comportamental de seu pai refletia-se na imagem que tinha dos homens, sofrendo diariamente com a dúvida sobre a fidelidade de seu marido. Em sua mente, acreditava que Lucas carregava consigo todos os defeitos que enxergava em seu pai. Taí novamente Freud e seu Complexo de Édipo, aquela ideia de que "mulheres se casam com seus pais". Nem sempre, Tio Sigmund!

Às vezes enxergamos em nossos maridos a figura de nossos pais, simplesmente porque a sociedade determina certos padrões de conduta para que um homem seja visto como tal. São esses padrões socialmente aceitáveis que nos levam, por vezes, a agir como agimos. A imagem paterna, por vezes, pode vir a ser tão negativa que a mulher passa a enxergar, a todo momento, o risco iminente de repetição daquelas formas de reafirmação de masculinidade em todos os homens ao seu redor. Qualquer que seja o caso, a origem é sempre a mesma: aquilo que enxergamos em nossos pais, tendemos a projetar naqueles ao nosso redor. E isso é diferente da máxima do Complexo de Édipo, sobre a mulher sempre acabar se casando com seu pai. A verdade é que nosso meio social constrói estereótipos, e cabe a nós diferenciarmos a imagem construída daquilo que é real.

Lorena afirma ter se libertado de sua prisão quando aquela mentira, sustentada ao longo de décadas pelo seu pai, acabou sendo escancarada, resultando em divórcio. Dor para sua mãe, felicidade para Lorena. Não de forma sádica ou vingativa. Não como prova de quem estava certa e quem estava errada. Apenas por não ter que conviver com a pressão da mentira engasgada na garganta. Ao perceber que o mundo enxerga agora seu pai como ela o enxergava desde sua infância, pôde enxergar Lucas não como um estereótipo, mas sim como um homem que, por ausência de indícios que o incriminem, segue livre daquelas acusações de infidelidade antes criadas em sua mente. Lorena compreendeu que sofrer por antecipação não lhe traria qualquer benefício, e acabaria deteriorando a qualidade de seu relacionamento conjugal. Ao aceitar que não pode controlar a vida de seu marido, e ao estreitar laços afetivos com sua mãe, passou a viver tais relações de forma mais leve e verdadeira.

Um pouco de observação adicional não fará mal. Assim como no caso da Roberta, precisamos apenas de mais algumas conversas, para que possa assegurar-me de que ela, Lorena, realmente está de bem consigo mesma. Adoro isso! Sentir o valor que provém do meu trabalho, isso é que é satisfação profissional!

Christiane Fraga. Não sei, ainda não estou convencida de que esteja tudo caminhando bem com ela. Acho que tem uma bomba-relógio no peito dela, pronta pra ser detonada. Não por conta do marido, acredito que realmente fez as pazes com essa relação conturbada. A bomba-relógio em questão se chama Sofia. Não sei o quanto da coragem e maturidade demonstradas por ela à mãe de fato ocorreu, ou se houve uma idealização da situação por parte da Christiane. Em determinadas situações, especialmente quando há fortes laços emotivos em jogo, a pressão psicológica que sofremos pode pregar peças em nossa memória, fazendo-nos confundir o real com o imaginário. É como a narrativa daqueles que sobreviveram a acidentes de carro. A descrição mais comum é aquela em que o tempo parece desacelerar, os detalhes passando em câmera lenta. Óbvio que tempo e espaço não se distorcem durante um acidente de trânsito, mas nosso cérebro captura certos detalhes, normalmente ignorados em situações cotidianas, causando a ilusão de câmera lenta. Outro exemplo é o túnel de luz de quem sofreu uma parada cardíaca e foi reanimado. Situações estressantes podem causar certas alucinações, e essa conversa com a Sofia pode não ter ocorrido exatamente da forma descrita pela Christiane.

Sofia precisa de apoio psicológico, enquanto Christiane requer monitoramento contínuo. Todo esse processo de ilusão pós-traumática é natural e não me preocupa. A pressão continuada por sentir-se responsável pela saúde física e mental de sua filha, essa sim pode trazer problemas incalculáveis à minha paciente. Preciso manter esse ponto no prontuário e investigar detalhes nas nossas próximas conversas. Ainda é muito cedo para tirar quaisquer tipos de conclusões.

E chegamos enfim à Janaína e seu possível estresse póstraumático. A morte da filha, o desaparecimento do pai, o assassinato do garoto que trabalhava no escritório do Doutor Montserrat, o pacote macabro despachado aqui para a clínica, sua prisão temporária e posterior liberação, os episódios recentes de perda de memória... Janaína chegou até aqui por conta de sua relação tóxica com seu pai e o peso de carregar consigo o sobrenome Montserrat. Nos últimos dois meses, entretanto, essa sequência impensável de eventos levou-a a um quadro preocupante de amnésia dissociativa. Para piorar sua situação, seu ódio pelo pai, combinado a postura pessimista sobre seu paradeiro, descartando publicamente quaisquer chances de ainda encontrá-lo vivo, transporta-a novamente da condição de familiar da vítima a potencial suspeita.

Preciso ajudá-la. Mas sinto-me emocionalmente envolvida nessa história toda, de forma que já não sei se ainda tenho condições de ajudá-la como sua terapeuta. Preciso refletir muito a respeito. Conversar com meu terapeuta, quem sabe? Pedir ajuda para então poder ajudar, da melhor forma possível. É isso.

Parabéns, Janaína Montserrat! Você acaba de superar a Anelise Schreder, no quesito "levar a terapeuta à loucura"!

♀ ♀ ♀

Ainda viva, apesar dos pesares!

- Como tem passado, Janaína? Como tem se sentido?

- Mal, Verena. Muito mal... Tenho sofrido com fortes picos de dores de cabeça, que aparecem assim do nada, duram uns quinze, vinte minutos, e depois desaparecem, mas não por completo. Uma leve dor de cabeça, aqui assim, entre minhas sobrancelhas, segue por horas a fio, e não há analgésico que resolva...

- Já procurou um neurologista, conforme conversamos da última vez que esteve aqui?

- Sim, Verena, sim! Fui atendida pelo especialista que me recomendou, passei por uma bateria de exames, e nada. Absolutamente nada de errado foi identificado. Ele me disse que encaminharia um relatório aqui pra clínica. Não mandou ainda?

- Não que eu tenha visto... Mas deixa eu perguntar pra Marcela. Me dá um minutinho?

Verena toma o telefone em mãos e chama a recepcionista. Uma conversa rápida e a confirmação do recebimento do relatório.

- Mil desculpas, querida. Estava parado na caixa de spam. Mas vamos ver aqui... É... De fato, Janaína. Absolutamente nada de errado contigo, fisiologicamente falando.

- E isso é bom ou ruim?

- Eliminar possibilidades é sempre positivo...

Janaína observava atentamente cada detalhe da expressão facial e linguagem corporal de sua terapeuta. Isso trazia a ela, Verena, a incômoda sensação de inversão de papéis, como se a paciente fosse quem analisava a psicóloga. Naqueles poucos segundos, uma sequência de imagens passou pela sua cabeça, algumas fielmente reproduzindo detalhes de seu passado recente, outras idealizadas a partir da suas anotações de sessões com sua paciente.

Tinha visão nítida daquela adolescente, cuidadosamente enrolando seu ventre com ataduras, num ritual meticuloso, estéril e desprovido de sentimentos. As mudanças em seu guarda-roupa, a preferência crescente por roupas escuras e largas, dieta após dieta para minimizar o ganho de peso, natural daquela gravidez escondida até o último segundo. A complicada cesariana, a remoção de seu útero, as delicadas cirurgias às quais a recém-nascida foi submetida, incluindo correções na coluna vertebral, internalização de órgãos vitais que haviam se desenvolvido fora de seu corpo e implantação de válvula de drenagem em seu ventrículo cerebral.

Podia ouvir o telefone tocando, a notícia recebida de forma quase que inanimada, e o que se seguiu foi choro abafado, um misto de raiva e tristeza profunda, assim que tocou o botão de desligar na tela de seu smartphone.

Recordava-se daquele encaixe, o ódio pelo seu pai, mais que evidente em seu olhar, a explosão de sentimentos de repulsa e atribuição de culpa ao verbalizar seu desejo em vê-lo morto. Naquele momento, naquele grito, a figura de seu pai morria para ela.

Minutos depois, o pacote macabro. A agradável surpresa de um presente, rapidamente se transformando em pesadelo. Aqueles olhos verdes, tentando enxergar sua alma, confidenciar seus segredos, na espera de reciprocidade.

"Verena? Verena? Tudo bem contigo?" – sua viagem pelas suas memórias e as de sua paciente eram interrompidas pelo seu nome, repetidas vezes pronunciado pela Janaína.

- Desculpe-me, querida! Mil desculpas! Estava aqui perdida em minhas reflexões...

- Você está bem para continuar? Podemos remarcar nossa sessão para outro dia, se quiser. Você aparenta estar exausta!

"Como assim? Agora é ela quem conduz a sessão, é isso? Não acredito que ouvi isso dela..." – pensou, extremamente incomodada e inconformada com aquela situação. Estava cada vez mais claro que não tinha mais condições emocionais para continuar trabalhando com Janaína.

- Olha, Janaína. Você está certa. Acredito que cruzamos uma fronteira que não é nada saudável. Nem pra você, nem pra mim.

- O que quer dizer com isso, Verena?

- Quero dizer que preciso encaminhá-la a outro terapeuta. Meu envolvimento emotivo e perigosamente pessoal nos eventos recentes de sua vida me coloca em situação de conflito. Me desculpe, querida. Espero que me entenda.

- Entender o quê? Que está tentando abandonar o barco? Não acredito no que estou ouvindo!

- Janaína, me entenda! Não tenho mais condições de ajudá-la em seus problemas, mas existem ótimos profissionais que podem dar seguimento no seu caso...

- Não entendo, não, Verena! Como pode abandoná-la neste momento? Ela confia em você! Jamais poderia imaginar uma atitude tão covarde e egoísta como essa, vindo de uma mulher forte como você!

Verena parou por um instante e fixou seus olhos no dela. *"Abandoná-la. Ela confia em você. Por que estaria referindo-se a ela própria como se fosse uma terceira pessoa?"*

- Não tenho mais condições de ajudá-la. Desculpe-me.

- Não há desculpa para sua atitude, Verena! Pouco me importam seus argumentos... Jamais permitirei que aceite seu pedido de desculpas! Jamais! Você está me ouvindo?

- Mas por que a Janaína lhe daria ouvidos?

- Ela não me daria ouvidos. De forma alguma. Eu a escuto, mas ela não me escuta. Não sabe da minha existência. Acho até que sabe, mas não quer saber e acaba se esforçando para se esquecer... Janaína é fraca! E quando mais precisa de apoio, descobre que a heroína da vida dela não passa de uma covarde! Covarde, você! Deveria ter vergonha de viver, Verena! Quanta decepção...

- E quem é você? Com quem estou falando agora?

- Você está falando com aquela que jamais permitirá que a Janaína lhe perdoe. E sabe o tal profissional que está querendo recomendar-lhe? Enfia ele e sua recomendação no cu!

Verena encarou-a fixamente, demonstrando no olhar um grau de determinação e certeza que desafiava aquela presença a sua frente. A respiração ofegante de um lado, a respiração calma e profunda do outro. Verena estava novamente tomando conta da situação.

- Você está certa. Precisamos ajudá-la. Seria muita covardia de minha parte abandoná-la neste momento crítico que ela atravessa. Mas preciso da sua ajuda também...

- Ah! Vai se foder, Verena! Primeiro se acovarda e pula do barco, e agora vem com esse discursinho de que precisa da minha ajuda para resgatar a Janaína de seu poço imundo? Pel'amor, Verena! Acha mesmo que tenho motivos para acreditar em você? E quanto a ajudá-la, sou a única que realmente ajudou-a até aqui. Não fosse por mim, Janaína já estaria internada em alguma clínica psiquiátrica imunda e fedorenta!

- E como foi que a ajudou até aqui? Parece-me que fala mais do que age, garota! Eu sei o que fiz por ela, e posso enumerar cada uma de minhas ações. Você, entretanto... Parece-me que só sabe ameaçar, praguejar, intimidar... Se fosse assim tão corajosa como diz ser, teria pelo menos se apresentado, ao invés de seguir se escondendo por trás desse avatar que é minha paciente...

- Como ousa acusar-me de ser uma covarde, Verena? Como ousa? Sua vagabunda! Não tem ideia do que poderia fazer com esse seu corpo velho e enrugado, se não estivéssemos aqui neste consultório. Por que não vem tomar um café em casa dia desses?

- Ameaças vazias... Ameaças vazias... Você é tão covarde que nem sequer ousou se apresentar, percebe? Fica aqui, falando um monte e continua se escondendo por trás da Janaína! Covarde...

- Mariana. Mariana Reeve. Esse é meu nome. E não estou me escondendo. Essa aqui na sua frente sou eu. A Janaína, ela sim se esconde no escuro de seu quarto, com medo daquele ridículo de seu pai. Aquele homem que não enxergava nada além de seu sobrenome. Agora nem isso ele enxerga mais...

- Você conhece o Doutor Montserrat?

- Claro que conheço! A Janaína me apresentou a ele faz uns meses. Desde então, temos uma relação muito próxima. Diria até que ele não vive sem mim...

- E a Janaína? Como foi que a conheceu?

- Nas páginas de *"O Conto da Aia"*... Foi através das páginas do livro de Margaret Atwood que Janaína me conheceu...

- Hmmmm... Não me lembro de nenhuma Mariana Reeve naquela história, e olha que li e reli aquele livro uma porção de vezes...

- Esse é meu nome de solteira, abrasileirado. Mas se realmente leu a obra de minha descendente, saberá encontrar-me naquelas páginas. Exatamente como Janaína me encontrou.

Verena manteve-se imóvel e em silêncio por mais alguns segundos, tentando desenhar em sua mente uma estratégia para não se perder nas histórias de sua mais nova paciente, ao mesmo tempo em que tentava encontrar uma forma de explorar a mente daquela personalidade que lhe encarava com olhar penetrante e perturbador.

- Mariana. Além de mim, quem mais a conhece?

- Vejamos... O animal que Janaína chama de pai, aquele garoto idiota do escritório de advocacia, os investigadores da DHPP... e agora você! Acho que é só.

- Então a Janaína não te conhece?

- Ela tem medo de reconhecer que sabe da minha existência. Por isso essa idiotice de perda de memória, sabe? Ela tem medo daquilo que podemos fazer juntas.

- E o que podem fazer juntas, Mariana? O que?

- Verena... Aceita um café lá em casa?

- Bem... Acho que podemos marcar...

- Como assim, podemos marcar? Acha mesmo que é assim que funciona? Você marca um horário e aí a Janaína me dá licença e venho te encontrar? Pensei que estivesse falando com uma psicóloga...

- Então me conta, Mariana. Como é que funciona essa sua relação com Janaína? Me disse que ela não quer aceitar que você existe, mas me parece que quem manda aí é ela, não você... E que é preciso autorização dela para que você se manifeste... Se for assim mesmo, não creio que tenha tanta força e determinação quanto está tentando me convencer a respeito...

Mariana se levanta e caminha até a porta do consultório. Antes de abri-la, vira o rosto em direção a Verena e dispara: *"Venha hoje à noite. Ao invés de um café, te convido para uma boa taça de vinho tinto e alguns frios e queijos. Como boa italiana, tenho certeza que não irá recusar meu convite. Te encontro às oito e meia. Não me decepcione."*

Verena dá um suspiro profundo e vai direto pro Google.

[Margaret Atwood + Mariana Reeve]

Alguns resultados sobre O Conto da Aia, entrevistas com a autora, a recém-lançada continuação da história... Nada parecia relevante em sua busca. Até que um resultado em inglês lhe chamou a atenção:

W https://en.wikipedia.org › wiki › Ma...

Mary Webster (alleged witch) - Wikipedia

Mary Webster, née Reeve, was a resident of Puritan Hadley, Massachusetts, who was accused of witchcraft. She was born in England. Her exact birth year is unknown but is believed to be around 1624. Accounts of her birthdate range from 1617 to 1624. Both her father and her brother were named Thomas Reeve.

1

Acessou o artigo e seguiu adiante, apenas para encontrar a conexão entre a bruxa da Nova Inglaterra e O Conto da Aia:

^ Popular Culture

Canadian author Margaret Atwood, who believed Mary to be her ancestor, made Webster the subject of her poem: "Half-Hanged Mary", and dedicated her novel *The Handmaid's Tale* (1985) to her.[1][2]

2

"Puta merda! Eu aqui preocupada com estresse pós-traumático, e acabo me deparando com o que pode vir a ser meu primeiro caso de personalidade múltipla! E ainda por cima a desgraçada vai e busca uma bruxa pra chamar de alter? Tomá no cu, viu!"

⚀ ⚀ ⚀

---

[1] TRADUÇÃO LIVRE DO AUTOR: Mary Webster, née Reeve, viveu em Puritan Hadley, Massachusetts, e foi acusada de bruxaria. Nasceu na Inglaterra. Sua data de nascimento exata é desconhecida, mas acredita-se ter sido por volta de 1624. Registros apontam para seu nascimento entre 1617 e 1624. Tanto seu pai quanto seu irmão se chamavam Thomas Reeve.
[2] TRADUÇÃO LIVRE DO AUTOR: A autora canadense Margaret Atwood, a qual acredita que Mary é sua ancestral, adotou Webster como tema de seu poema "Mary Semi-Enforcada", e dedicou seu livro "O Conto da Aia" (1985) a ela.

Vinho, queijo, embutidos e revelações

Oito e meia em ponto, e a campainha toca brevemente. Um segundo toque, alguns segundos mais tarde, e a porta finalmente se abre.

- Verena, que surpresa você por aqui!

"Alter errado..." – pensou.

- Olá, Janaína! Pensei em passar por aqui e ver como está depois da nossa conversa desta tarde... E trouxe até uma garrafa de vinho da região de Perúgia. Vineria del Carmine, La Bruna, cidade onde nasci e vivi antes de meus pais e eu nos mudarmos pro Brasil.

- Me desculpe, Verena. Sei que é possível que tenhamos combinado algo hoje à tarde, mas a verdade é que não me lembro de absolutamente nada! E minha cabeça está prestes a explodir, tamanha a enxaqueca que me pegou em cheio!

- Bom... Nesse caso, acho melhor ir embora...

- Não! De forma alguma! Vamos, entre! Acabei de tomar um Sumax e logo estarei bem. Deixarei o vinho para outro dia, mas uma boa conversa, em boa companhia, não me fará mal algum, não é mesmo?

Verena lhe dá um abraço e aceita o convite para entrar. Sente-se menos apreensiva por ter sido recepcionada por Janaína, não pela sua alter. Caminharam até a sala de estar, sentaram uma de frente para a outra, uma mesinha de centro separando-as. Janaína trouxe uma garrafa d'água, dois copos, uma taça de vinho e um saca-rolhas elétrico.

- Toma, Verena! Como não vou beber, deixo o trabalho de retirar a rolha por sua conta... Sabe usar esse tipo de saca-rolhas? Porque eu não faço a menor ideia de como usá-lo!

As duas caíram no riso, criando um clima leve e descontraído. Verena já se sentia totalmente à vontade na presença de sua paciente.

- Preciso te contar uma coisa, Janaína. Algo que aconteceu hoje à tarde no consultório.

- O que foi, Verena? Você está me deixando preocupada...

- Ainda é cedo para tirarmos conclusões, mas acredito que algumas sessões de hipnoterapia sejam recomendadas para seu caso...

- Hipno... Hipno... Você quer dizer hipnose?

- Sim, Janaína. É isso mesmo que estou sugerindo...

- Mas por que, Verena? O que de tão grave aconteceu nesta tarde que te levou a pensar em hipnose?

- Janaína, me escute. Não há motivos para alarde, mas seus episódios recentes de amnésia dissociativa podem estar relacionados à presença de uma alter...

- Alter? O que isso quer dizer?

- Bom... Em termos práticos, é possível que o estresse ao qual foi submetida nos últimos meses tenha feito aflorar uma segunda persona em sua mente.

- Dupla personalidade? É isso?

- Transtorno de múltipla personalidade, para ser mais precisa.

- Não acredito! Pensei que isso era coisa de filme de terror!

- Não, Janaína. Infelizmente, não! Mas é algo pouco comum, e tampouco posso afirmar que esse seja seu caso. O que posso dizer-lhe é que a pessoa com quem conversei hoje à tarde não é a Janaína que está agora aqui na minha frente.

- E com quem conversou então, Verena?

- O nome Mariana Reeve lhe soa familiar?

- Absolutamente não! Nunca ouvi falar!

- O Conto da Aia?

- Sim, o livro! Amo! Mas não tem nenhuma personagem com esse nome na história...

- Dedicatória?

- Não faço a mínima ideia! Li no Kindle, não tem dedicatória no formato de e-book. Por quê?

- Sua alter se apresentou como Mariana Reeve, uma versão abrasileirada do nome de solteira de Mary Webster née Reeve.

- Mary Webster! Sim, amei a história daquela mulher! Viu o episódio de Lore que fala dela? Fantástico!

- Foi ela quem me pediu para vir aqui hoje à noite. Que era para saborearmos um vinho enquanto degustávamos frios e falávamos sobre seu pai e o garoto que trabalhava para ele...

- O quê? Meu pai? O que sabe sobre meu pai?

- Não sei nada, Janaína. Mas sua alter disse saber. Preocupa-me que ele esteja mais perto de nós do que imaginamos...

- Não é possível! Simplesmente não pode ser verdade!

- Espero que não, Janaína. Mas, mais como amiga que terapeuta, precisava vir aqui e entender o que sua alter queria me mostrar. Existe alguma área de seu apartamento que você não utiliza, tipo um sótão? Sei que a pergunta soa bem idiota, porque isto é um apartamento, não uma casa... Mas Mariana foi muito clara, ela tinha algo a me mostrar hoje à noite...

- Não é nada absurda sua pergunta, Verena! Absolutamente nada absurda! Porque não tenho sótão, mas tem uma área de bugigangas no segundo subsolo do prédio, onde podemos guardar o que quisermos. A minha está trancada desde que me mudei para cá, e as coisas que mantenho encaixotadas lá dentro... Nem me lembro mais o que guardo lá, além de uma bicicleta que não vê a luz do dia há um par de anos!

- E se fôssemos até lá para dar uma olhada? Tomara que não tenha nada, mas não custa verificarmos, não é mesmo?

Janaína acenou positivamente com a cabeça, voltou-se para um aparador na entrada do apartamento, pegou um molho de chaves de dentro de uma das duas gavetas daquele móvel e buscou aquela identificada com uma etiqueta na qual se lia "depósito". Aproveitou para pegar uma lanterna e um pedaço de ferro que lembrava um pé-de-cabra.

"Pra que esse pedaço de ferro aí?" – perguntou Verena, assustada.

- Ah! É que a porta daquele depósito é bem difícil de abrir! Com esta ferramenta aqui, consigo abri-la com mais facilidade...

Verena se dirigiu ao elevador, sendo surpreendida pela provocação de Janaína: *"Deixa de ser preguiçosa, mulher! São apenas cinco lances de escada! Vamos, caminhar faz bem pra saúde!"*

Aqueles cinco lances de escada pareciam uma eternidade para ela. Não se sentia mais tão segura ao lado de Janaína. *"E se não for ela? E se for sua alter me pregando uma peça? E para quê aquele pedaço de ferro? E descer as escadas ao invés de tomar o elevador, seria para fugir das câmeras de vigilância?"* – seus pensamentos não lhe deixavam em paz.

- Vamos lá, Verena. Preciso que você vire a chave em sentido anti-horário, enquanto forço a abertura com este pedaço de ferro aqui. Vamos lá?

Verena olhava atentamente para as mãos de sua paciente. Tinha total certeza que, no instante em que se distraísse, aquela barra metálica lhe esmagaria a caixa craniana. Seria mais uma vítima da reencarnação da bruxa da Nova Inglaterra. Estava certa disso: nunca mais veria o corpo bem trabalhado de Marcel, seu desejado professor de educação física, bom de cama e péssimo em comentários gastronômicos. Girou lentamente a chave, ouvindo um clique e sentindo a força daquela barra metálica sobre a porta do depósito. Uma nuvem de moscas, um cheiro horrível, o desespero ao observar três ratazanas correndo pela fresta da porta semiaberta. Um grito de horror.

- Pega seu celular e chama a polícia, Verena! Vou pedir ajuda ao porteiro.

Dentro daquele depósito, o corpo do Doutor Montserrat. Seus olhos em um pote de vidro, conservados em uma substância aquosa, talvez álcool ou formol, em uma pequena mesinha ao lado da cadeira na qual o cadáver estava sentado, mãos e pés amarrados, boca amordaçada, o corpo firmemente atado à cadeira por meio de quatro ou cinco cinturões de couro. Do vazio antes ocupado por seus globos oculares, pequenos camundongos saíam aos montes, como que fugindo das luzes da lanterna empunhada pela psicóloga. O sobrenome Montserrat escrito no chão, em uma mistura que lembrava sangue e fezes. No pescoço daquele corpo, uma corda, como se tivesse sido enforcado. Mas a corda não estava pendurada em lugar nenhum, apenas jogada ao chão.

Verena levou sua blusa ao nariz e boca, tentando amenizar o impacto daquele ar putrefato, antes confinado naquele cubículo metálico. Pegou seu celular e digitou 190. Apagou o número e tentou novamente. Pensou. Repensou. Até que decidiu abrir sua lista de contatos. Antes de chamar a polícia, precisava ligar para Marcel.

☿ ☿ ☿

Marcel só pode ser nome de santo...

Marcel veio o mais rápido que pôde, chegando ao prédio bem antes da polícia, mas apenas após Verena dirigir-se à portaria para autorizar sua entrada.

"Mas a Janaína não veio aqui falar contigo?" – perguntou ao porteiro.

- Não senhora. Não veio aqui e não respondeu ao interfone. Chamei umas três, quatro vezes, até que seu amigo aqui resolveu ligar no seu celular.

- Preciso que o senhor autorize a entrada da polícia e nos avise pelo interfone assim que chegarem. Eles têm o número do meu celular... Melhor, deixa eu anotar aqui pro senhor...

- Polícia? Mas por que polícia, dona...

- Verena. Meu nome é Verena Pacelli. Fui eu quem chamou a polícia.

- Mas não posso deixar a senhora andar pelo condomínio assim, não! Não sem autorização da Senhorita Janaína...

Verena ignorou as ordens do porteiro e, puxando Marcel pelas mãos, seguiu em direção ao hall de entrada. Tomaria o elevador desta vez. Não adiantaria nada chegar no apartamento sem fôlego e à beira de um ataque cardíaco.

Enquanto caminhavam, o porteiro saía de sua guarita e gritava: *"Ei, dona! Vocês dois! Não podem entrar assim não! Vou chamar a polícia se não pararem!"*

E Marcel, virando o rosto para a guarita mas seguindo em frente, disse em tom sarcástico: *"Ela já chamou a polícia, moço. Não ouviu ela, não?"*

Enquanto esperavam o elevador, Verena abraçou-o e, em desespero, começou a contar os horrores que havia presenciado no subsolo.

- Marcel... Ele estava lá... Os olhos arrancados, ratos devorando seu corpo... Foi horrível, Marcel! Horrível!

- Verena. Preciso de você aqui, agora. Não há mais nada a ser feito pelo pai da Janaína. Mas ela precisa da gente, e nós precisamos um do outro, até que a polícia chegue. Acredito em você, sei que foi uma visão inesperada e chocante, mas deixe-a lá no subsolo por enquanto, está bem?

Marcel pronunciava aquelas palavras com tamanha calma, os olhos penetrando-lhe a mente, suas mãos fortes mantendo-a totalmente imóvel, confortavelmente imóvel. Aquela imobilidade, aquele toque, aquele olhar, aquele tom de voz, aquele abraço. Era tudo que Verena precisava naquele momento. Sua presença ali, naquela situação caótica, fez toda a diferença. E ainda que ela não soubesse naquele instante, Marcel tinha pela frente papel importantíssimo a desempenhar.

Saíram do elevador e se aproximaram cuidadosamente do apartamento de Janaína. Marcel girou lentamente a maçaneta da porta. *"Trancada. Batemos?"*

Verena fez um sinal com as mãos e pegou seu celular. Chamava, chamava, ninguém respondia. Mas podia ouvir seu toque vindo de dentro do apartamento. *"Ouviu? Ela está aí, mas não quer responder. O que fazemos?"*

Dentro do apartamento de sua hospedeira, Mariana dava continuidade, de forma meticulosa, a seus afazeres. Sabia exatamente o que deveria fazer, e a ela pouco importava o toque do celular ou a presença de Verena e seu amigo do lado de fora. Estava determinada a cumprir seu plano, passo a passo, sem comprometer o menor detalhe que fosse. Até aquele momento, tudo caminhava conforme idealizado em sua mente.

"Se nem mesmo aqueles monstros, aqueles homens brutos, desprovidos de alma... Se nem eles não foram capazes de tirar minha vida, por que esses dois acham que podem me impedir? Essa sua terapeuta e o amiguinho dela são dois sonhadores, Janaína! E sabe o quê? Aprecio isso neles. Muito me admira quem sonha alto, sonha longe... Diferente de você, sua patética! Medrosa! Submissa! Não pode ver gente morta que já fica aí, toda estressada, desliga-se da realidade e depois diz que foi amnésia... Covardia! Isso se chama co-var-di-a! Ainda bem que tem a mim. Senão ainda estaria no seu canto, sofrendo a perda de seu anjinho, desejando a morte de seu pai em pensamento e em palavras, mas não fazendo nada, absolutamente nada, para mudar sua vida, seu destino... Essa é a diferença entre nós, Janaína! Você é vítima, eu sou força! Você teme a verdade e esforça-se para ignorar minha existência, enquanto eu me atrevo a navegar entre nossos mundos, nossas realidades. Você tapa o sol com a peneira, enquanto eu, minha cara... Eu sou o sol e a lua! Eu sou o sol e a lua... Vou querer essa frase na sua lápide, garotinha, quando enfim chegar sua hora! Uma homenagem àquela que não esperou pela justiça divina! Estou falando de mim, lógico! Porque você, garota... Ah, você..."

Aquelas mãos habilidosas seguiam ocupadas em seu trabalho, puxando e empurrando e contorcendo. Tudo era meticulosamente executado, e cada detalhe era testado antes de prosseguir e repetir a mesma sequência, inúmeras vezes. Sua concentração acabou sendo interrompida por estampidos vindos da porta do apartamento.

"O que esses idiotas acham que vão fazer? Botar a porta abaixo? Ah, me poupe... Pensam que é fácil assim arrombar uma porta? Idiotas... Mal sabem o que espera por eles, quando estiver tudo pronto aqui para enfim recebê-los, em grande estilo..."

- Verena, não adianta! Não vou conseguir abrir essa porta no chute, não tem espaço pra pegar impulso...

- E se a gente chamar? Será que ela não abre?

- E se a gente se acalmar e esperar a polícia? Ela não atendeu ao celular, não respondeu aos meus pontapés na porta do apartamento... Talvez nem esteja mais viva uma hora dessas, já pensou nessa possibilidade?

- Ou talvez esteja apenas esperando nossa entrada pra explodir o apartamento e levar a gente junto com ela pro inferno...

- Verena, para! Anda assistindo muito seriado policial! Sabia que existem mecanismos de segurança que inibem vazamento de gás nos fogões modernos? Aquela coisa de abrir as válvulas de gás e esperar o momento certo pra explodir a cozinha só acontece na TV! E, a considerar pela modernidade deste prédio, nem a gás deve ser o fogão dela! Deve ser daqueles *cooktops* por indução, isso sim!

- Marcel, só você mesmo pra manter a calma e o bom humor num momento como este!

- E tem algo mais que a gente possa fazer? Não, né! Então a gente faz assim: senta e espera! Daqui a pouco a polícia chega e toma conta da situação. Não estou na *vibe* de bancar uma de herói hoje não...

- Tá bem... Mas deixa eu tentar o celular uma última vez... Quem sabe, né?

- Tudo bem, Verena. Se vai te fazer se sentir melhor, então manda ver!

Sua concentração naquele trabalho manual é mais uma vez quebrada. Aquele toque incessante do celular consegue finalmente tirá-la do sério, resultando em um movimento errado, o desfazer e refazer de sua última sequência.

"Puta que o pariu! Ainda não percebeu que não vou atender essa porra de celular, não?" – gritou, levantando-se e arremessando o aparelho contra o aparador, no corredor de entrada do apartamento.

"Ela está viva!" – vibrou a terapeuta.

"Um motivo a mais para esperarmos a polícia chegar." – retrucou Marcel.

O aparelho atingiu em cheio um porta-retrato, lançando cacos ao chão. Tratava-se do único retrato em família exposto naquele apartamento. Pai, mãe e filha, juntos, numa mesma fotografia. O casal, sorridente, abraçava uma adolescente sem qualquer expressão facial.

Algo parecia atrai-la para aquilo que restava do porta-retrato no chão. Caminhou até ele, tomando-o em mãos de forma descuidada. Um profundo corte ao tentar remover aquela fotografia de dentro da moldura, um pedaço de vidro que se tingia de vermelho, um palavrão qualquer e o corte levado instintivamente à boca. A foto, tirada horas antes de sua festa de 15 anos, escondia em seu verso uma dedicatória de sua mãe: *"Filha, carregue sempre com você, para onde quer que vá, essa coragem de ser Janaína, sem precisar ser Montserrat. Com amor, mamãe."*

Aquela mensagem despertou-a e, em seguida, conduziu-a a um estado de choque, uma espécie de colapso mental. Hospedeira e alter finalmente se encontravam, e todas aquelas imagens, consumidas pelos recorrentes lapsos de memória, criaram vida e submergiram naquele profundo lago negro, anteriormente habitado apenas por Mariana e sua sede de vingança.

Escuridão total. Apenas alguns breves fachos de luz, como que vindos de uma lâmpada fluorescente prestes a queimar. Um pouco mais de atenção, e percebe que os fachos de luz vinham da tela de seu celular. Alguém do outro lado da linha, mas a memória vem silenciosa. Não sabe exatamente do que se trata aquela conversa, mas sente que não se trata de algo agradável. Suas mãos tremulavam, seu coração disparava e então, abruptamente, deixou de pulsar. Seu corpo, pálido e gelado, desmoronou em segundos. Imagens de um feto, rosto angelical e corpo deformado, lutando para sobreviver em um espaço minúsculo, escuro e sufocante. E então o silêncio daquelas memórias é quebrado: *"Te odeio, sua vaca!"* – o grito daquele feto, ecoando no seu ventre e na sua mente, despertando-a daquela condição de quase morte.

Um telefonema. Mais um. Uma visita ao Pão de Açúcar do Shopping Iguatemi. Vinhos, embutidos, uma cabeça de alho, cebolas, batatas, cenouras, uma leitoa. Um homem senta-se ao seu lado, entrega-lhe um envelope e recebe outro em troca. Retorna ao apartamento, deixa as compras e sai novamente. Dirige até um bairro qualquer em Santo André, para em uma pequena farmácia e entrega a receita ao balconista. Assina um formulário e recebe uma caixa de comprimidos. Cloridrato de triexifenidil. No caminho de volta, para em um antiquário. Encontra o que buscava, retorna ao carro, retorna ao apartamento.

O nível de estresse aumenta a partir dali. Seus batimentos cardíacos, o suar frio... Sua fisiologia não combinava com aquele sorriso em seu rosto e sua amabilidade no olhar, especialmente considerando-se quem batia à sua porta.

A conversa girava em torno de uma festa surpresa para o aniversário de sua mãe. O motivo perfeito para justificar convite inusitado como aquele, bem como a necessidade de sigilo. *"Ninguém pode saber que nos encontramos, senão a mamãe vai desconfiar..."*

Queijos, embutidos, vinho, comprimidos cuidadosamente dissolvidos, a fala enrolada, um convite para guardarem a leitoa no congelador que supostamente ficaria no subsolo. *"Segura ali que seguro aqui."*

"Mas cadê a porcaria do congelador, caralho?" – e os sentidos cada vez menos alertas, a realidade se tornando turva, confusa, irreal. *"Acho que não estou me sentindo bem..."* – e desaba cuidadosamente, ainda que desacordado, numa cadeira deixada ali poucas horas antes de recebê-lo.

Janaína se agita ainda mais, não sendo possível seguir segurando o choro. As memórias vão ganhando vida em sua mente, apesar do desejo de apagá-las para sempre. Aquele choro, mesmo abafado, pôde ser ouvido por Verena e Marcel, do outro lado da porta.

As memórias seguintes vinham fragmentadas, tudo por conta da luta intensa travada por Janaína para removê-las de sua mente. Cordas. Amarras reforçadas. Cinturões de couro. *Silver tape* e uma mordaça por cima. Uma lâmina afiada, usada de forma cirurgicamente precisa, cortando as pálpebras e removendo os olhos da leitoa. Uma vez limpos, são cuidadosamente acomodados no interior de esferas metálicas. Dirige-se então àquele homem inconsciente, lâmina em mãos. *"Não! Não! Isso não aconteceu! Não é verdade! Não pode ser verdade!"* – gritava, desesperada, em estado de semiconsciência.

Mais um telefonema. E outro. E um último telefonema na manhã de segunda-feira. Com uma caixa e um envelope em mãos, dirige-se ao escritório de seu pai. Cumprimenta o garoto, que saía para sua rotina matinal de correios, serviços bancários e de cartório. Entrega-lhe o pacote e o envelope. *"Precisa depositar hoje, hein?"* – pedido atendido sem maiores questionamentos.

Lembra-se então daquela conversa, o primeiro telefonema daquela manhã. *"Por volta das dez e meia sai da agência dos correios e segue pro Banco do Brasil. Vai ter um monte de boleto e cheques para depósito, além de um envelope com dez mil reais. Em dinheiro, tudo em notas de dez. Aquele envelope é o pagamento de vocês, e se tiver mais algum dinheiro, sirvam-se! Mas não vacila! Lugar de cheque é na fogueira, e o lugar do moleque é na sarjeta! Estamos entendidos?"*

O telefone pré-pago quebrado em partes e descartado em pleno Rio Pinheiros. A tensão até a divulgação da notícia sobre a morte daquele garoto por overdose. *"Cumpriram a parte deles. Ainda bem."*

Começou a vomitar ao lembrar-se de sua primeira e única visita ao depósito. Fazia um dia lindo naquela manhã de domingo. *"Convidativo para um passeio de bike!"* – pensou. Ao abrir a porta, viu o corpo de seu pai sendo devorado por ratos. Fechou rapidamente a porta e entrou em estado de choque, repetindo a si mesma que aquilo não passava de ilusão. Desmaiou ao entrar em seu apartamento, restando-lhe uma vaga e idealizada lembrança do ocorrido.

- Assassina! Você me transformou em uma assassina!

- Não, Janaína. Não lhe transformei em absolutamente nada! Apenas ajudei-a a realizar tudo aquilo que sempre quis fazer, mas nunca teve coragem para tanto!

- Eu te odeio! Você está me ouvindo? Eu te odeio, sua... Sua... Sua bruxa!

- Ora, ora... Até você, Janaína? Não sabe o quanto me machuca ouvir tamanha ofensa vinda de você...

- Bruxa! Sim, é isso que você é! Uma bruxa, desprovida de alma, amante de tudo o que é mal!

- Se sou bruxa, então somos bruxas, querida... Porque, queira você ou não, dividimos este corpo, esta mente... Somos bruxas, minha querida! E não há ninguém neste mundo que possa vencer nossa força e determinação! Juntas, somos invencíveis, Janaína! In-ven-cí-veis!

Verena e Marcel ouviam a discussão entre Janaína e sua alter, e então reinou um incômodo silêncio.

- Será que está desacordada?

- Não sei, mas... Está escutando as sirenes?

Poucos minutos mais tardes, policiais se acercavam à porta do apartamento de Janaína. Pediram espaço aos dois, para que pudessem efetuar a invasão do imóvel. Entraram e começaram a avançar pelos cômodos, um a um.

- Comandante. Imóvel limpo. Não há sinais de presença da suspeita no local.

- Como assim? Não é possível! Estávamos aqui fora, ouvíamos seus gritos até há poucos minutos! Ela tem que estar aí!

- Dona Verena, acalme-se, por favor. Deixe que façamos nosso trabalho. Ambulâncias já estão a caminho para prestar-lhes assistência.

- Vocês não estão me ouvindo? Ela tem que estar aí dentro! Não tem pra onde ter fugido!

Em uma pequena distração do comandante da operação, Marcel correu em direção ao apartamento e começou sua busca por Janaína, apesar da ordem para que abandonasse o local. Dirigiu-se, como que por instinto, à área da lavanderia, encontrando ali a ponta de uma corda, presa à tubulação externa do aquecedor a gás.

- Aqui! Corram! Me ajudem!

Marcel, com a ajuda de dois policiais, puxou a corda, trazendo para dentro o corpo de Janaína, que havia tentado o suicídio por enforcamento. Identificando-se com médico – não havia tempo para explicar que profissionais de Educação Física detém conhecimentos básicos de primeiros socorros – Marcel iniciou procedimento para reanimá-la.

Uma das ambulâncias levava Janaína ao atendimento emergencial, enquanto outra aguardava no local, os paramédicos conversando com Verena e Marcel.

- Marcel... Você foi meu santo protetor hoje à noite...

- Talvez por isso que minha mãe escolheu nome de santo...

- Deixa de ser tonto, Marcel! Desde quando Marcel é nome de santo?

- Século terceiro. Papa Marcelo I.

- Marcelo, não Marcel...

- Mas lembra o que te disse quando nos conhecemos?

Verena se esforça, mas não consegue associar os fatos. Marcel se aproxima dela, dizendo-lhe baixinho em seu ouvido: *"Que, se minha irmã não estivesse lá, mentiria que meu nome era Marcelo. Tudo por um beijo seu."*

Os dois se abraçaram. Ainda que quisessem, não havia clima ali para um beijo.

- Mas sabe o que, Marcel? A ciência me provou, por A mais B, a existência do transtorno de múltiplas personalidades... Mas prefiro agora acreditar em bruxas...

Marcel olha para ela com descrença, a maior cara de interrogação estampada em seu rosto.

- É que Mary Webster, séculos atrás, foi semi-enforcada e escapou ilesa. Agora, acabou de repetir a proeza, pela segunda vez.

Os paramédicos fecharam a porta traseira da ambulância, e os dois seguiram ao hospital para avaliação médica.

♀   ♀   ♀

Mulheres que temiam seus pais

O teatro Eva Herz, na Paulista, estava lotado naquela noite de terça-feira. Na primeira fila, Roberta conversava pela primeira vez com Lorena, acompanhada na ocasião por seu marido, Lucas. Roberta carregava, do lado esquerdo do peito, um discreto laço negro, representando o luto pela morte de seu pai, na sexta-feira anterior, por causas naturais, enquanto Lorena carregava em seu ventre uma gestação em sua décima quinta semana.

Um terceiro sinal sonoro anunciava o início do espetáculo. As luzes se apagaram, um único facho de luz iluminando o centro do palco. Pesadas cortinas vermelhas se abriram, expondo ao público a organizadora do evento, recebida com aplausos.

(...)

Senhoras e senhores, muito boa noite. Sou Christiane, mãe-coruja da Sofia e, nas horas vagas, atuo como CEO da Editora Femme, uma editora nova e independente, dedicada integralmente ao universo feminino. A Femme nasceu há pouco mais de um ano, em parceria com minha sócia, amiga e terapeuta, a fenomenal, incomparável, corajosa e, por que não, divertidíssima Verena Pacelli. Seguimos juntas, deste a concepção da ideia, nesta difícil, porém gratificante jornada de valorização de nós, mulheres, em uma sociedade patriarcal cujos valores foram construídos ao longo de séculos. Como citado na abertura de seu *best-seller*, que dá nome e serve de tema central desta palestra, ou melhor, do bate-papo que se seguirá noite afora:

"É impossível derrubar costumes seculares com livros. Mas é plenamente possível mudar percepções individuais sobre tais costumes, um leitor de cada vez."

Senhoras e senhores, com vocês, a terapeuta, autora e palestrante Verena Pacelli!

(...)

O formato era simples, porém efetivo. No palco, uma poltrona, um divã, uma tela para projeção de imagens e vídeos. Em meio à plateia, assistentes estrategicamente posicionados, cada qual com um microfone, permitindo maior interação com o público. Com seus smartphones, a plateia podia participar de pesquisas-relâmpago, através da plataforma *sli.do*.

(...)

Vocês acreditam em bruxas? Eu acredito em bruxas. Elas sempre existiram e, se nos mantivermos caladas, bruxas continuarão atormentando nossas vidas. Mas o que vem a ser uma bruxa? Segundo o dicionário:

"Bruxa é a mulher que tem fama de se utilizar de supostas forças sobrenaturais para causar malefícios, perscrutar o futuro e fazer sortilégios."

Existem algumas palavras-chave nessa definição, as quais gostaria de ressaltar.

MULHER   TEM FAMA DE   SUPOSTAS

MALEFÍCIOS   PERSCRUTAR (INVESTIGAR)

SORTILÉGIOS (ATO DE MAGIA, SEDUÇÃO)

A bruxa é, por definição, uma mulher. É possível argumentar que poderia também ser um homem, um bruxo. Acontece que o mais usual é nos referirmos à versão masculina como feiticeiro. Voltando ao dicionário, feiticeiro é aquele que faz feitiços, enquanto bruxo é o homem que, *"como as bruxas"*... O peso da definição recai integralmente sobre a mulher. Bruxaria é coisa de mulher, coisa essa que, em algumas raras situações, acaba sendo realizada por um homem. Mas a definição recai sempre, sempre sobre o feminino.

Ao fundo, a imagem de uma forca. Essa foi a sentença arbitrariamente aplicada a Mary Webster, uma senhora na casa dos 60 anos, ao final do Século XVII. Mary foi agredida e então enforcada. O que ninguém esperava, no entanto, é que a bruxa retornaria à vila, gravemente ferida mas ainda viva, logo na manhã seguinte ao seu enforcamento. A bruxa sobreviveu à maldade dos homens, vindo a falecer cerca de onze anos após seu enforcamento.

Avançando aos tempos atuais, tivemos grande cobertura, por parte da mídia, do caso Janaína Montserrat, ou então *"a reencarnação da bruxa"*, como foi apelidada pelos meios mais sensacionalistas. A reencarnação da bruxa...

Ouvi de uma amiga, dia desses, que a internet é uma máquina do tempo que, por erro de programação, nos levou de volta à Idade Média, ao invés de guiar-nos a um futuro promissor. Essa definição não poderia ser mais precisa. Nunca houve tanto conhecimento disponível à humanidade, e talvez nunca tenha havido tanta desinformação. Preferimos acreditar que Janaína, minha paciente, a qual consentiu com o uso de seu caso para ajudar a pôr um ponto final na ignorância que nos rodeia, foi possuída pelo espírito de Mary Webster, ou Mariana Reeve, como se apresentava sua alter, ao invés de darmos ouvidos à ciência, aceitando que o cruel assassinato de seu próprio pai e sua posterior tentativa de suicídio foram fruto de eventos dissociativos de memória, decorrentes de transtorno de múltiplas personalidades.

A história que se contou foi mais ou menos assim. Uma garota de família tradicional paulistana, possuída pelo espírito de famosa bruxa do Século XVII, matou o pai com requintes de crueldade e então tentou tirar sua própria vida. O que não foi divulgado mas que, caso o fosse, nos ajudaria a entender melhor este transtorno pouco comum, e que nada tem de sobrenatural, é que Janaína tinha mais que uma alter. Mariana Reeve foi a primeira que nos foi apresentada. Após sua prisão e realização de inúmeras avaliações físico-psicológicas, trouxemos à superfície mais quatro personalidades alternativas, ou alters, sendo uma delas a própria Janaína, na figura de mãe de uma criança com hidrocefalia, que falecera dias antes de ter assassinado seu próprio pai e que, segundo Mariana Reeve, teria sido o motivo daquele ato de vingança. A verdade é que Janaína nunca teve filhos. Jamais engravidou. Seu ex-namorado não faleceu em uma briga entre torcidas adversárias. Sua mãe tampouco sabia da existência de um ex-namorado.

Ela, Janaína, não passou por nenhuma histerectomia, e tem totais condições fisiológicas para engravidar e dar à luz a um bebê.

"E pensar que tive acesso a essa informação há tempos, mas não fui capaz de enxergá-la naquela ocasião!", pensou.

O motivo que levou Janaína Montserrat a meu consultório pela primeira vez, há cerca de quatro anos, era parte do mundo imaginário de uma de suas alters. A verdade que custei a descobrir é que apenas conheci a verdadeira Janaína Montserrat, a hospedeira, após tratar, por anos, uma alter dominante, e me deparar com outra alter, aquela que foi capaz de planejar e executar o assassinato de um homem, encomendar o assassinato de um jovem e tentar pôr um fim na vida de sua hospedeira. Até hoje, não sabemos ao certo quais fatos de sua história resultaram na sua dissociação e como suas alters submergiam e tomavam o controle de sua vida, ou quais fatores, internos ou externos, funcionam como interruptor para alternar a presença dessas personalidades no controle de seu corpo, suas atitudes.

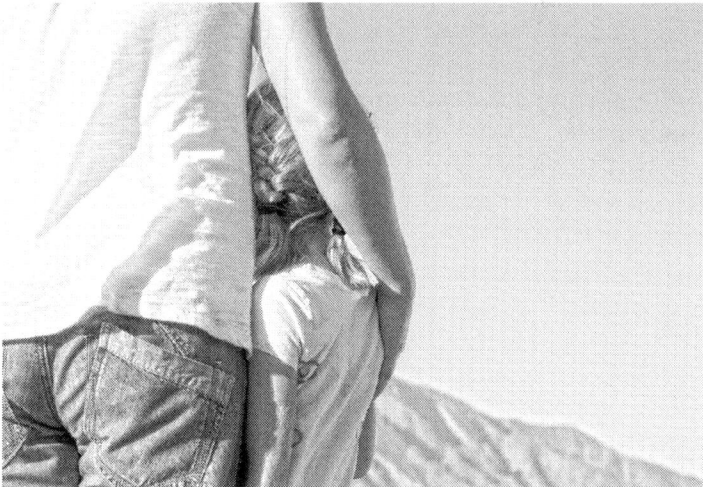

O pai. A figura paterna tem enorme influência na vida de uma menina. Freud, o famoso "pai da psicanálise", afirma que um dos primeiros conflitos psicológicos da mulher se dá na sua infância, quando descobre diferenças biológicas entre seu próprio corpo e o de seu pai. É o que Freud descreve como "inveja do pênis". Pobre Freud... E pobres de nós! Porque esse conceito continua sendo, até hoje, ensinado e disseminado nos meios acadêmicos! Anos mais tarde, Karen Horney ousou contestar essa premissa, dizendo que era o homem quem invejava a mulher, pois ela tinha a capacidade de gerar vidas, enquanto ele não. Ao invés de "inveja do pênis", deveríamos falar de "inveja do útero". Claro que sua visão não foi levada à sério na época, além de ter lhe custado o emprego! Sim, ela foi afastada do Instituto Psicanalítico de Nova Iorque, por conta de sua afronta ao mestre Freud...

Atendo diariamente em meu consultório um número considerável de mulheres, sofrendo dos mais diversos tipos de doenças da mente, tais como depressão, insegurança, baixa autoestima, fobias... Na maioria das vezes, a origem dessas condições está lá atrás, no relacionamento com o pai, o padrasto, o avô, o tio, o irmão mais velho. O problema das mulheres, pasmem, são os homens! Claro que afirmo isso de forma irônica, até mesmo porque tenho hoje, ao meu lado, um companheiro que, de certa forma, salvou minha vida algumas vezes. Obrigado, Marcel! Mas, do ponto de vista psicológico, muitos dos traumas que carregamos desde a infância guardam relação com alguma figura masculina que influenciou nossa maneira de ver o mundo.

Não se trata de discurso feminista, embora já tenha sido chamada de "feminazi" por muito menos que isso. Discuto aqui o impacto da cultura predominantemente patriarcal no psicológico feminino.

Marilize, nome fictício, na época com 37 anos. Empresária de sucesso, me procurou por conta de suas conversas com sua imagem no espelho. Seus diálogos consigo mesma, refletida no espelho na figura de uma terceira pessoa, Ana, abordavam o conflito entre o trabalho e o amor próprio. Sintomas de anorexia e bulimia eram, na verdade, apenas a ponta do iceberg, um enorme bloco de gelo oriundo de seus traumas de infância. Um pai autoritário e controlador, uma mãe submissa, abuso sexual, a perda da irmã mais nova. Traumas demais para uma única infância. Diferentemente de Janaína Montserrat e suas personalidades alternativas, Ana não era alter de Marilize. Era sua válvula de escape. Conversava com sua imagem no espelho, a qual enxergava como fosse uma amiga virtual, por não confiar em mais ninguém. Ana era a personificação de seus medos.

Patrícia, nome fictício, tinha 55 anos quando me procurou pela primeira vez. Escolhi esse nome com um propósito. Sua vida era subordinada à vida e às vontades e caprichos de seu pai. Violência doméstica, na forma de agressões físicas e verbais. Patrícia e sua mãe eram submetidas a todo tipo de abuso, enquanto a filha mais velha e o filho mais novo se mantinham neutros nos constantes conflitos familiares. Levou décadas até que Patrícia pudesse controlar seus sentimentos e determinar o tipo de relação afetiva que queria manter com seu pai, já idoso e dependente de seus cuidados. Sua paz de espírito somente foi alcançada ao descobrir seu amor próprio, perdendo o medo de fazer valer suas próprias regras e resgatando sua autoestima, anulada já nos primeiros anos de sua infância.

Luzia, nome fictício, descobriu no marido a continuação de sua relação conflituosa com seu pai. Ainda que sem saber, acabou se casando com um homem que trazia consigo os mesmos defeitos que a distanciara de seu pai no passado, e que acabou distanciando, anos mais tarde, mãe e filha daquele homem com quem um dia trocou juras de amor.

Fátima, nome fictício, entrou em ciclo paranóico por ciúmes do marido, acreditando que ele fosse igual a seu pai, um homem que traía sua mãe e fazia uso da filha como álibi para suas aventuras extraconjugais. Exatamente o oposto do caso de Luzia, no qual a semelhança entre pai e marido foi descoberta. No caso de Fátima, minha paciente buscava, dia e noite, evidências que comprovassem suas suspeitas.

Janaína, Marilize, Patrícia, Luzia, Fátima... São tantas as mulheres que passaram pelo meu consultório, cujos conflitos tiveram origem no passado, em relações abusivas e conturbadas com seus pais. Homens nos levam à loucura... Os papéis de mulher e homem na sociedade, da forma que foram moldados ao longo dos séculos, nos levam a carregar o enorme peso das emoções negativas. A forma pela qual lidamos com tais emoções irá, invariavelmente, determinar nossos destinos. Internalizamos os abusos, os traumas, e seguimos nosso destino, traçado pelos costumes, pagando-se por isso o elevado preço que é nossa sanidade mental. E quando enfim nos rebelamos contra tais abusos, demonstrando nossa autoestima, nosso amor próprio, nosso valor como seres humanos, somos taxadas de bruxas. E às bruxas, há dois possíveis destinos: ou morremos enforcadas em nossos sentimentos, ou sobrevivemos, tal qual Mary Webster, apesar da abusiva e arbitrária condenação à forca.

Então me digam, minhas queridas bruxas: *"Qual destino vão querer para vocês?"*

F I M

Este livro é dedicado às minhas jovens bruxinhas.

Que seus encantos e poções mágicas sejam poderosos,
abrindo portais invisíveis e levando-as a lugares
inimagináveis, onde valores sejam definidos com base em
atitudes, não a partir de padrões socialmente construídos.

E, se não for pedir muito, desejo que encontrem, nesse
mundo mágico, número incontável de cavalos, cachorros,
lápis coloridos e muita, mas muita gente de bom coração.

Printed in Poland
by Amazon Fulfillment
Poland Sp. z o.o., Wrocław